KB137128

페스트 2

페스트 2

알베르 카뮈 지음 | 변광배 옮김

더클래식

| **차례** |

한 종류의 감옥살이를
다른 종류의 감옥살이로 재현하는 것은
실제로 존재하는 것을 존재하지 않는
어떤 것으로 재현하는 것과
마찬가지로 합리적이다.
_대니얼 디포 《로빈슨 크루소》의 저자)

제3부

이렇게 한 주 또 한 주 페스트의 포로들은 저마다 발버둥을 쳤다. 랑베르 같은 몇몇 사람은 심지어 자신들이 여전히 자유인이고 선택의 자유도 있다고 상상하려고 애썼다. 하지만 사실상 8월 중순에는 페스트가 모두를, 모든 것을 집어삼켰다고 볼 수 있다. 더 이상 개인의 운명은 없었다. 오직 집단의 운명만 있었다. 페스트가 빚어낸 운명과 감정을 모두가 공유했다. 가장 강력했던 건 생이별과 귀양살이에서 오는 감정으로, 공포와 반항이 교차했다. 그래서 서술자는 한여름 폭염과 질병이 절정에 달하던 바로 이때가 전반적인 상황, 예컨대 생존자들의 폭거, 사망자들의 매장, 생이별한 연인들의 고통을 묘사하기에 적절하다고 생각한다.

페스트가 강타한 도시에 강풍이 여러 날 세차게 불었던 것도 이즈음이다. 오랑의 주민들은 특히 바람을 두려워했다. 도시가 자연 장애물 하나 없는 고원에 서 있어서 바람이 거리로 아주 난폭하게 들이쳤기 때문이다. 지난 몇 달간 이 도시는 비 한 방울 내리지 않아서 온통 잿빛 먼지로 뒤덮여 있었는데, 그것이 바람에 비늘처럼 벗겨져서 먼지 구름을 이뤘다. 먼지와 종잇조각까지 섞인 돌풍이 보행객들의 다리를 때려대니 거리는 더 휑해졌다. 가끔 눈에 띄는 행인들은 몸을 앞으로 숙이고 손수건이나 손으로 입을 막은 채 서둘러 지나갔다. 저녁에도 매일이 마지막 날인 듯 하루를 길게 늘리려고 떼를 지어 거리로 나왔던 예전과 달리, 기껏해야 서너 명 정도씩만 서둘러 집이나 카페로 들어가 버렸다. 그 결과 황혼 무렵이면, 안 그래도 해가 점점 일찍 져서 깜깜한 거리가 텅 비었고, 적막 속에서 질질 끄는 바람 소리만 귀에 거슬리게 울렸다. 저쪽 어딘가에 있는 보이지 않는 바다에서 높은 파도 소리에 섞여 해초와 소금 냄새가 풍겨 왔다. 점점 짙어지는 어둠 속에서 인적이 끊긴 도시, 먼지 구름에 뒤덮이고 짠 바다 냄새에 절고 바람의 비명 소리로 소란한 이 도시는, 마치 불행한 자들의 버려진 섬 같았다.

지금까지 페스트는 도심보다 인구밀도는 높고 살기는 더 불편한 외곽 지역에서 더 많은 희생자를 냈다. 그런데 단번에 번화가까지 공략했다. 주민들은 바람을 감염의 주범으로 비난했다. 호텔 지배인은 '병균 살포기'라고 비꼬았다. 이유야 어쨌든 이제 도심 지역 주민들은 매일 밤 창문 아래로 지나가는 구급차의 사이렌 소리, 페스트의 음산하고도 무정한 그 호출 소리가 계속 잦아지자 자신들의 차례가 왔음을 알았다.

행정 당국은 시내에서도 피해가 극심한 동네들을 격리하고 오직 불가피한 일을 맡은 사람들에게만 출입을 허락하는 조치를 내렸다. 이에 그 지역 주민들은 특별히 자신들을 겨냥한 박대라고 생각했고, 따라서 자기들보다 타 지역 주민들을 어쨌든 더 자유롭다고 여겼다. 타 동네 주민들도 이 위로가 절실한 시기에 위안거리를 찾아내려고 자신들보다 자유롭지 못한 이들을 상상했다. '항상 나보다 훨씬 더 못한 사람이 있는 법이다.' 이것이 그 시절에 품을 수 있는 유일한 희망을 요약하는 구절이었다.

거의 같은 시기에 화재가 잇따랐는데, 특히 서문 근

교에서 찾았다. 수사 결과, 격리에서 풀려난 사람들의 방화라는 것이 밝혀졌다. 가족과의 사별과 불행으로 제정신이 아닌 이들이 페스트를 태워 없앤다는 환상에 빠져 자기 집에 불을 지른 것이었다. 불길을 잡기가 매우 힘들었는데, 방화 시도가 워낙 빈번했던 데다가 거센 바람을 타고 동네 전체로 순식간에 퍼져 나갔기 때문이다. 당국에서 실시하는 가옥 소독으로 모든 전염 위험이 충분히 제거된다고 아무리 설명해도 소용이 없자, 그런 선의의 방화자들에게 아주 중형을 부과하는 법령을 공포해야 했다. 그때 이 불행한 사람들이 주춤했는데 감옥에 갈까 봐 두려워서가 아니라, 시 교도소에서 집계된 과도한 사망률을 보고 투옥은 곧 사형 선고나 같다는 믿음이 공공연하게 퍼져 있었기 때문이다. 아예 근거 없는 믿음도 아니었다. 당연하게도(전염병이니까) 페스트는 군인들, 수도승들, 죄수들처럼 단체로 생활하는 사람들을 특히 물고 늘어지는 것으로 보였다. 일부 독방 격리 수감자가 있어도 감옥은 전체로 하나의 공동체를 이뤘는데, 우리 시 감옥의 간수들이 죄수들만큼이나 많이 페스트로 죽는 점이 바로 그 증거였다. 페스트라는 전제 군주는 차별 없이 형무소장에서부터 말단 죄수에 이르기까지 모든 사람에게 유죄를 선고했으니, 어쩌면 처음으로 하나의 절대적 정의가 감옥 안에서 실현된 셈이었다.

행정 당국이 직무 수행 중에 순직한 간수들에게 훈장을 수여해서 이러한 평준화에 위계질서를 세우려고 시도했지만 허사였다. 계엄령이 선포된 만큼 감옥 간수들을 군무 수행 중으로 볼 여지도 있어서, 그들에게 사후 무공훈장을 수여했다. 수감자들의 항의는 없었는데, 의외로 군부에서 반발하며 이 조치가 시민 정신에 대단히 혼란을 초래할 수 있다고 지적했다. 충분히 타당한 지적이었다. 당국은 이들의 요구를 받아들여 가장 간단한 해결책으로써 간수들에게는 '방역 표창장'을 수여하기로 결정했다. 하지만 이미 수여한 무공훈장을 간수들에게서 회수할 수는 없는 노릇이니, 군부는 여전히 강하게 반발했다. 한편 방역 표창장은 페스트 시기에 누구나 받을 수 있는 흔한 것이었기에, 사기진작 효과가 딱히 없었다. 결국 모두가 불만이었다.

게다가 교정국 행정은 종교계처럼, 혹은 더 낮은 단계의 군부대처럼도 작동될 수 없었다. 시내에 있는 두 수도원의 수도승들은 당분간 신자들의 집에 분산, 기거하도록 조치되었다. 이와 마찬가지로 소대들도 사정이 허락되는 한 병영에서 분리되어 학교나 공공건물에 주둔하도록 조치되었다. 이처럼 시민들에게는 함께 포위된 자들끼리의 결속을 강요했던 그 병은, 동시에 전통적인 결사(結社)들을 해체해 개개인을 고독으로 내몰고 있었다. 이것 역시 혼란의 감정을 증폭시켰다.

이 모든 정황들이 강한 바람을 타고서 어떤 정신들에까지 불을 지폈다고 말할 수 있겠다. 시 관문들이 밤사이에도 수차례씩 공격받았는데, 이제는 무장한 집단들의 소행이었던 것이다. 총격전이 벌어져 부상자들과 도망자들이 생겼다. 경비 초소들을 강화하자 이런 시도는 삽시간에 중단되었지만, 이런 시도가 있었다는 사실만으로도 시중에 격변의 기운 같은 것이 돌아서 폭력적인 장면이 몇 차례나 연출되었다. 방역상의 이유로 소각되거나 폐쇄된 집들이 약탈당했다. 하지만 솔직히 이런 폭거들은 계획적이었다고 보이지 않는다. 대개는 점잖은 이들이 돌발 상황에서 우연히 한 행동을 다른 이들이 곧바로 모방했을 뿐이다. 예컨대 한 사람이 알 수 없는 충동에 사로잡혀 집주인 앞에서 불길에 싸인 집으로 뛰어드는데, 집주인이 슬픔으로 멍해져서 그냥 가만히 보고만 있으면 수많은 구경꾼이 앞다퉈 따라들어갔다. 어른거리는 화재의 불빛에 어깨에 든 물건들이나 가구들로 변형된 그림자들이 어두운 밤거리에서 사방으로 달려서 도망쳤다. 이런 불미스러운 사건들로 인해 당국은 페스트 사태를 계엄 사태와 동일시해서 그에 입각한 법을 적용했고, 절도범 두 명을 총살했다. 하지만 시민들이 경각심을 느꼈는지는 의문이다. 매일의 수많은 죽음들 사이에서 두 건의 사형 집행은, 바다에 떨어진 물 한 방울에 불과했다. 실제로 약탈은 행정 당국이 개입할 엄두도 내지 못할 정도로 빈번히 일어났다. 모든 주민에게 충격을 준 유일한 조치는 등화관제인 것 같다. 11시부터, 완전한 암흑 속에 잠긴 오랑은 마치 거대한 공동묘지 같았다.

달이 뜬 하늘 아래에서 오랑 시에는 희끄무레한 담들과 곧은 거리들이 일렬로 늘어서 있을 뿐 검은 나무 그림자 하나 생기지 않고, 발소리나 개 짖는 소리도 없었다. 침묵에 잠긴 이 도시는 거대하고 활기 없는 입방체들의 조립에 불과했고, 그 사이에서 영원히 청동 속에 갇혀 버린 옛 위인들의 동상들만이 돌이나 쇠로 된 가짜 얼굴로 생전에 지녔던 모습을 보여주려고 애

15

쓰고 있었다. 이 하찮은 우상들이 낮게 내리누르는 하늘 아래 생명이 없는 교차로에서 으스대며 서 있었다. 그것들은 우리에게 부과된 부동의 질서, 혹은 어쨌든 그런 질서, 그러니까 페스트와 돌과 어둠이 모든 소리를 침묵시키는 어느 지하 묘지와 같은 질서를 잘 보여주는 무감각한 괴물들이었다.

하지만 밤은 모두의 마음속에도 자리 잡았다. 매장과 관련해 사람들 사이에 떠도는 풍문들의 진실은 우리 시민들을 안심시킬 만한 것이 아니었다. 매장에 대한 이야기를 하지 않을 수 없기에, 서술자로서 이 점에 대해 양해를 구한다. 사람들이 비난할 수 있음을 잘 알고 있지만, 변명을 해 보자면 그 시절 내내 매장이 끊이지 않았기 때문에 서술자 역시 모든 시민들과 마찬가지로 매장에 대해 염려할 수밖에 없었던 것이다. 서술자가 그런 의식(儀式)들에 비뚤어진 관심을 가지고 있어서가 아니다. 오히려 정반대로 서술자는 살아 있는 자들의 사회, 구체적인 예를 들자면 해수욕 같은 것을 더 좋아한다. 하지만 해수욕장이 접근 금지 구역이니, 살아 있는 자들은 날이 갈수록 부득이하게 죽은 자들에게 밀려날까 봐 종일 근심하는 터였다. 이것은 대단히 자명했다. 물론 불쾌한 사실을 안 보려고 눈을 감아 버리고 마음에서 몰아낼 수야 있지만, 자명한 것들은 그 자체로 지독한 설득력을 가지고 있어서 결국에는 모든 방어 기제를 무너뜨리고야 만다. 예를 들어 사랑하는 사람을 매장해야 할 때 어떻게 그 장례 의식을 외면할 수 있는가?

페스트의 초기에 장례 의식에서 가장 놀라운 점은 그 신속함이었다! 모든 형식이 간소화되어, 사실상 장례식을 폐지한 것이나 다름없었다. 페스트 환자는 가족과 떨어진 곳에서 죽고 시신 옆에서의 의례적인 밤샘도 금지되니, 저녁에 죽은 자는 홀로 밤을 보냈고 낮에 죽은 자는 즉각 매장되었다. 물론 가족에게 통보는 했지만, 대개는 고인이 가족과 지냈기 때문에 다들 격리되어 이동할 수 없는 상황이었다. 고인과 따로 살았던 가족이라면 지정된 시각, 즉 시신의 염이 끝나 입관되어 묘지로 떠나는 시각에 입회할 수 있었다.

이런 절차가 의사 리외가 담당하고 있는 보조 병원에서 행해졌다고 가정해 보자. 그 학교는 본관 뒤에 출구가 하나 있었다. 복도에 있는 커다란 창고에 관들이 보관되었다. 가족은 이 복도에서 이미 뚜껑이 닫힌 관만 볼 뿐이다. 그러고 나서 곧바로 가장 중요한 일, 즉 가족 대표가 여러 가지 서류에 서명하는 일로 넘어간다. 그다음에 관이 자동차에 실리는데, 화물차나 개조한 대형 구급차다. 가족이 아직은 운행이 허가된 몇 안 되는 택시를 잡아타면, 차들은 도심을 피해서 외곽 도로로 전속력으로 달려서 묘지에 도착한다. 묘지 정문에서 헌병들이 운송차를 세워 정식 통과증에 도장을 찍어 주는데, 이 직인이 없으면 우리 시민들은 소위 '마지막 거처'라고 말하는 곳을 얻을 수 없었다. 헌병들이 물러서면 차들은 가까운 매장지로 가는데, 거기에 수많은 빈 구덩이들이 관이 들어오기를 기다리며 파헤쳐져 있다. 신부가 나와 가족을 맞이하는데, 성당에서의 상례가 폐지되었기 때문이다. 기도를 하고 있을 때, 관을 화물차에서 끌어내려 밧줄을 감아 구덩이로 옮기고 밧줄을 풀어서 구덩이 바닥에 내려놓는다. 신부가 성수를 뿌릴 때 이미 첫 흙이 덮개 위에 떨어지면서 튀고 있다. 구급차는 조금 먼저 출발해 소독약 살포를 받고, 흙 삽질 소리가 점점 더 낮아지는 동안 가족은 택시 안으로 들어간다. 15분 후 가족은 집에 도착한다.

모든 과정이 정말 최대한의 신속함과 최소한의 위험성 속에서 진행되었다. 초기에는 이렇게나 간소화된 장례 의식에 가족들의 감정이 상한 게 사실이었다. 하지만 확실히 페스트가 창궐한 때에 이런 감정은 배려할 수 없었고, 효율성을 위해 전부 다 희생시켰다. 게다가 처음에는 '격식을 갖춘 장례식'에 대한 욕망이 생각보다 만연해 있어서 간추린 과정들로 민심이 꽤나 술렁였는데, 다행히 얼마 지나지 않아 식량 부족 문제가 불거져서 시민들의 관심이 보다 직접적인 민생으로 쏠렸다. 음식을 구하기 위해 줄을 서고 수속을 밟고 서류를 갖추는 데만도 진이 빠져서, 주변 사람들이 어떻게 죽어 가는지, 또 자신은 어떻게 죽게 될지 생각할 겨를이 없었다. 그래서 고통스러운 일이었을 물질적 결핍이 결과적으로는 다행스러운 일이 되었다. 전염병이 앞서 설명했던 대로 그토록 심해지지만 않았더라면, 정말 전부 다 괜찮았을 것이다.

갈수록 관이 귀해지고, 수의를 만들 천과 묘지까지 부족해졌던 것이다. 방법을 강구해야 했다. 가장 확실한 방법은, 효율성의 측면에서라면, 장례 의식을 합동으로 치르고 필요하다면 병원과 묘지를 몇 번이고 오가는 방법이었다. 리외가 담당한 병원의 경우에 그 당시 관이 다섯 개밖에 없었다. 거기에 시신이 다 차면 그것들을 한꺼번에 구급차에 실었다. 공동묘지에서 관이 비워지고 쇳빛 시신들은 들것에 실려 대기실용으로 급히 지은 헛간으로 옮겨져 매장될 차례를 기다렸다. 빈 관들은 살균제 세례를 받고 다시 병원으로 운반되어 필요한 횟수만큼 다시 운구 작업을 반복했다. 아주 잘 조직되어서 도지사는 만족감을 표했다. 심지어 리외에게, 페스트에 대한 옛 기록에 나온 흑인들이 끌던 시체 운반 수레보다 훨씬 낫다고까지 말했다.

"그렇습니다. 매장하는 방식은 거의 유사하지만, 우리는 목록을 만들고 있으니까요. 진보했다는 건 부정할 수 없습니다."

리외는 이렇게 말했다.

행정적으로는 성공했지만, 이 장례 절차가 지니게 된 불쾌한 성격 때문에 도청은 이제 어쩔 수 없이 가족의 의식 참석을 막았다. 가족은 공동묘지 정문까지만 올 수 있었고, 이것도 공식적인 허가는 아니었다. 왜냐하면 의식의 마지막 단계도 좀 바뀌었기 때문이다. 공동묘지 맨 끝, 유향나무들로 뒤덮인 빈터에 커다란 구덩이를 두 개 팠다. 남자용 구덩이와 여자용 구덩이였다. 행정 당국이 어떤 면에서는 여전히 예의를 지키고 있었고, 불가항력적으로 이런 마지막 품위의 시늉마저 사라져 남녀 주검들을 한데 섞어 매장한 것은 훨씬 뒤의 일이다. 다행히도 이런 극한의 굴욕은 재앙의 말기에만 나타났을 뿐이다. 지금 언급하고 있는 이 시기에는 구덩이들이 구별되어 있었고, 도청에서도 이를 아주 중시했다. 구덩이 밑바닥에서 두꺼운 생석회 층이 김을 내며 끓었다. 구멍의 둘레 위에서 같은 생석회 더미로부터 거품이 노출되어 터졌다. 구급차가 도착하면 들것으로 날라 줄지어 놓았다가, 살짝 뒤틀린 벌거벗은 시신들을 거의 나란히 붙여 구덩이로 미끄러뜨리고, 먼저 생석회를 뿌리고 그다음에 흙을 덮었는데, 그것도 다음에 올 주인들의 자리를 마련해 두려고 아주 얇게만 덮었다. 그다음 날 가족을 불러 서류에 서명을 받았는데, 이것이 이를테면 사람과 개 사이의 차이점이었다. 사람의 죽음은 확인되고 관리된다는 것 말이다.

당연히 이 모든 작업에 상당한 인력이 필요했는데, 항상 모자라기 일보 직전이었다. 처음에는 정식으로,

나중에는 그때그때 채용된 많은 간호사들과 묘 파는 인부들이 페스트로 죽어 갔다. 조심을 한다고 해도 어느 날 감염되고 말았다. 하지만 이 모든 일을 잘 되돌아보면, 정말 놀라운 건 전염병이 창궐하는 내내 인력이 결코 모자라지 않았다는 점이다. 페스트가 정점을 찍기 바로 직전에 고비가 왔고, 당연히 의사 리외는 걱정했다. 관리직이든 잡역직이든 인력이 결코 충분하지 못했다. 하지만 대단히 역설적이게도, 페스트가 사실상 도시 전역을 장악하자 이 병의 과도함이 아주 편리한 결과들을 낳았다. 페스트로 모든 경제활동이 붕괴되자 상당한 숫자의 실업자가 발생한 것이다. 관리직 충원 인력이야 거의 없었지만, 잡역직은 쉽게 메꿔졌다. 사실 그때부터 사람들은 빈곤이 공포보다 강력한 동기임을 확인했으니, 위험한 일일수록 임금이 높아졌던 것이다. 보건위생과에서는 취업 희망자 목록을 이용할 수 있어서 결원이 생기면 이 목록의 맨 위에 올라 있는 사람에게 알렸고, 그는 그사이에 죽지만 않았다면 빠지지 않고 출근했다. 유기수든 무기수든 죄수들을 활용하기를 오랫동안 주저했던 도지사는 이렇게 해서 그런 극단적 조치를 취하는 것을 피할 수 있었다. 그는 실업자들이 있는 한은 견딜 수 있다며 안도했다.

그럭저럭 8월 말까지는, 우리 시민들이 아주 예의를 갖추지는 못하더라도 최소한 질서 있게 그들의 마지막 안식처로 옮겨졌기 때문에, 행정 당국이 고인과 유족에게 의무를 다하고 있다고 여겨졌다. 하지만 최후의 조치들이 어땠는지를 말하려면 그 후에 사건이 어떻게 진행되었는지부터 조금 소개할 필요가 있다. 8월부터 페스트의 사망자 수가 계속 정점을 찍으니까 시의 조그만 공동묘지는 진작에 한계에 다다른 상황이었다. 담을 헐어 주변 땅으로 매장지를 넓혀 보았지만 역부족이었고, 신속하게 다른 방도를 강구해야 했다. 첫 번째 조치는 시신을 야간에 매장하는 것이었다. 이렇게 하면 확실히 몇 단계가 줄었다. 시신들을 구급차 안에 점점 더 많이 쌓았다. 그래서 규칙을 어기고 통행금지 시간에 외곽 동네를 돌아다니던 몇몇 늦장 보행객들(또는 직업상 그곳에 온 사람들)은 경적을 울리지 않고 쉬쉬하며 텅 빈 밤거리를 전속력으로 달리는 백색의 구급차들을 자주 목격했다. 시신들은 서둘러 구덩이에 던져졌다. 예전보다 더 깊게 판 구덩이에 시신들이 굴러 떨어지며 채 자리를 잡기도 전에, 삽으로 푼 석회가 얼

23

굴에 쏟아지고 흙이 마구 덮었다.

하지만 금세 또 다른 장소를 찾아 더 넓은 공간을 확
보해야 했다. 도지사의 특령으로 영구 임대 묘지의 소
유권을 수용해서 모든 유해를 파내 화장터로 보냈다.
그리고 곧 페스트 사망자들도 화장터로 보내졌다. 동
문 바깥에 있는 옛 화덕을 써야 했다는 뜻이다. 그래
서 일단 상설 경비대를 더 멀리 퇴각시켰다. 예전에 바
닷가 언덕을 오갔지만 지금은 운행되지 않고 있는 전
차를 이용하면 어떠냐는 어느 시청 공무원의 제안으로
당국의 일이 아주 수월해졌다. 즉시 전차 좌석들을 뜯
어내고 차량들과 기관차들의 내부를 개조했고, 선로도
화덕까지 우회시켜서 이제 그곳이 노선의 종착역이 되
었다.

그 여름 끝자락 내내, 그리고 가을비가 한창일 때도
역시, 매일 한밤에 승객 없는 이상한 전차 차량들이 바
다 위 해안 언덕을 가로질러서 덜컹거리며 지나가는
것을 볼 수 있었다. 그 지역 주민들이 곧 상황을 알게
되었다. 그래서 바닷가 언덕에 접근을 금지시키는 순
찰대를 뚫고, 정말 여러 무리의 사람들이 파도를 굽어
보는 바위 사이에 몰래 숨어 있다가 전차가 지날 때 차

량 안으로 꽃을 던져 넣었다. 그때 꽃과 시신을 실은 열차가 여름밤의 따듯한 어둠 속에서 더 크게 덜컹거렸다.

처음 며칠은 아침 무렵에 짙고 구역질 나는 수증기가 도시의 동쪽 지역 대기에 떠다녔다. 모든 의사들의 견해에 따르면 이 발산물은 불쾌하기는 하나 해롭지는 않았다. 하지만 페스트가 그런 식으로 하늘에서 자기들 위로 떨어질 거라고 믿는 지역민들이 집단으로 이주하겠다고 위협했고, 당국이 복잡한 배관 장치를 통해 배기 방향을 다른 쪽으로 돌리고 나서야 진정되었다. 큰 바람이 부는 날에만 동쪽에서 어렴풋한 냄새가 풍겨 왔고, 그러면 주민들은 자신들이 새로운 질서 속에서 살고 있고 페스트의 불길이 매일 저녁 그들의 야간 공물을 집어삼키고 있다는 것을 떠올렸다.

이 모든 것이 그 전염병이 끼친 극단적인 영향이었다. 더 악화되지 않은 것은 다행이었다. 안 그랬으면 각 부서들의 재치와 도청의 대책들로도 대처할 수 없었을 테고, 화장용 화덕의 처리 능력도 한계치를 넘어섰을 것이다. 리외는 그 당시에 시체를 바다에 버리는 등의 절망적인 해결책들도 고려된 것을 알기에, 절벽 아래

푸른 파도 위에서 둥둥 떠다니는 끔직한 시체 거품을 쉽게 상상할 수 있었다. 만일 통계 수치가 더 상승했다면 제아무리 우수한 조직도 못 버텼을 것이다. 도청이 무슨 수를 써도 사람들이 첩첩이 죽어서 거리에서 쌓여 썩어 갔을 테고, 오랑 시는 공공장소에서 죽어 가는 자들이 당연한 증오심과 어리석은 희망이 뒤섞인 광기에 휩싸여 산 자들을 붙들고 늘어지는 것을 보았을 것이다.

이러한 광경들과 우려들 속에서도 우리 시민들의 귀양살이와 생이별의 감정은 계속되고 있었다. 이런 점에서 서술자도 이쯤에, 옛이야기 속 영웅적인 업적이나 훌륭한 행동 같은 대단히 극적인 것들을 적지 못하는 것이 얼마나 유감스러운지 모르겠다. 사실 재앙만큼 볼거리 없이 밋밋한 것도 없다. 너무 오래 끌기 때문에 큰 불행도 단조롭게 만들어 버린다. 페스트라는 끔찍한 재앙을 겪은 사람들에게, 이날들은 화려하고 잔인하며 거대한 화염이 아니라, 오히려 그 여정 위에 놓인 모든 것을 뭉개 버리는 한없는 제자리걸음으로 기억되었다.

그렇다. 페스트는 발생 초기에 의사 리외를 괴롭힌 극도로 자극적인 엄청난 영상들과는 아무런 관계도 없었다. 페스트는, 말하자면, 재빠르고 지치지 않는 적수였다. 유능한 계획자로서 신중하고 빈틈없이 일을 수행해 나갔다. 여담이지만 덧붙이자면, 바로 그렇기 때문에 서술자는 사실을 왜곡하지 않으려고, 무엇보다도 스스로에게 속지 않으려고 객관성을 고집하는 것이다. 서술자는 서술에 일관성을 부여하기 위해 필요한 기본적인 조정을 빼고는, 예술적 효과를 위해 바꾸거나 하지 않았다. 그리고 더 객관적이기 위해서 다음과 같이 말해야만 한다. 비록 그 시절의 커다란 고통, 가장 깊고도 가장 일반적인 고통은 단연 이별이고, 페스트의 현 단계에서 이별에 대해 있는 그대로 말하는 것이 양심상 꼭 필요한 일이긴 하나, 이 고통조차 그 비장감을 잃고 있었음도 부정할 수 없는 사실이라고 말이다.

그렇다면 우리 시민들, 적어도 사랑하는 이와의 생이별로 가장 괴로웠던 사람들은 혼자가 된 상황에 좀 익숙해졌을까? 꼭 그렇다고 단정할 수는 없다. 그들이 육체적으로나 정신적으로나 헐벗어 고통을 받았다고 말하는 편이 더 정확할 것이다. 페스트의 초기 때, 그들은 잃어버린 존재를 생생히 기억했고 쓰라린 상실감을 느꼈다. 하지만 사랑하는 얼굴을, 그 웃음과 음성을, 나중에야 무척 행복했었음을 알게 된 이런저런 날들을 또렷이 기억하고 있었다고 해도, 자신들이 지난날을 회상하고 있는 바로 그 시간에 너무나 먼 곳에 있는 상대방은 무엇을 하고 있을지 상상하기란 힘든 일이었다. 한마디로, 그때 그 순간 그들은 기억은 있었지만 상상력은 부족했다. 페스트의 제2단계에서 그들은 기억까지 잃었다. 얼굴을 잊었다는 게 아니라, 결국 같은 이야기가 되겠지만, 그 얼굴에서 살을 잃어서 더 이상 기억의 거울에 비춰지질 않았다. 그래서 처음 몇 주는 자신들의 사랑이 이제 그림자로만 남았다고 불평했다가, 이제는 이 그림자들도 사라지고 추억 속에 간직해 왔던 희미한 빛깔들마저 상실될 수 있음을 깨달았다. 기나긴 이별의 끝에서 그들은 한때 자신들의 것이었던 친밀감을 잃었고, 언제라도 그들이 손을 얹고 감싸안을 수 있는 존재와 함께 사는 친밀감을 떠올리는 상상력마저 잃었다.

이런 시각에서 보면, 그들은 평범해서 더욱 강력한, 바로 그 페스트의 질서에 이미 들어와 있는 것이다. 우리 중 누구도 더 이상 거창한 감정을 느끼지 못했다. 모두가 진부하고 단조로운 감정을 경험하고 있었다. 다들 "이거, 끝날 때도 됐는데……" 하고 말했다. 재앙의 시절에는 당연히 집단적 고통이 끝나기를 바라고, 그들 역시 그랬다. 그러나 어조에 더 이상 페스트 초기의 뜨거운 갈망이나 신랄한 분개는 담겨 있지 않았다. 아직 뚜렷이 남아 있는 빈약한 약간의 이성에서 중얼거린 목소리일 뿐이었다. 처음 몇 주간의 맹렬한 저항감이 수그러들고 완전히 낙담하는데, 그것을 체념으로까지 보지는 않더라도, 수동적으로 잠정적 동의를 했다고 볼 수밖에 없다.

우리 시민들은 보조를 맞췄고, 또 흔히 말하듯이 적응했는데, 다른 방법이 없었기 때문이다. 당연히 슬픔과 고통의 태도는 여전히 남아 있었지만, 다만 그 아픔을 더 이상 날카롭게 느끼지는 않았다. 한편, 의사 리외를 포함한 몇몇 사람들에게는 이런 것이야말로 불행이었다. 절망에 익숙해지는 것이 절망 그 자체보다 더 나쁘다고 여겼다. 종전에는 생이별한 사람들도 완전히 불행하지는 않았는데, 고통의 밤에도 희망의 빛 같은 것이 깜박였기 때문이다. 그런데 지금은 그 빛이 꺼졌다. 길모퉁이에서, 카페나 친구 집에서 보는 그들의 눈길이 어찌나 무기력하고 무심하고 따분한지, 그들 때문에 도시 전체가 마치 기차역 대합실 같았다. 직장인들은 페스트의 속도에 맞춰, 꼼꼼하지만 따분하게 일했다. 모두들 겸손해졌다. 처음으로 부재자에 대해 편하게 말하게 되었는데 남들 다 쓰는 말투를 썼고, 자신들의 이별을 돌림병의 최신 통계 수치를 검토하듯 바라보았다. 놀라운 변화였다. 왜냐하면 그들은 이제까지는 한사코 자신들의 고통을 집단적인 불행에서 떼어냈는데, 이제는 그 병합을 받아들인 것이다. 기억도 희망도 없이 그들은 오직 그 순간만을 살았다. '지금, 여기'가 전부였다. 페스트가 우리에게서 사랑의 힘은 물론이고 우정의 힘까지도 앗아갔음은 부정할 수 없다. 너무나 당연하게도, 사랑은 미래를 그리려 하는데 우리에게는 현재의 파편들밖에 남아 있지 않기 때문이다.

그렇지만 이러한 설명은 개략적인 것일 뿐이다. 생이별한 모든 사람이 그런 상태에 이른 것은 사실이나, 모두가 동시에 그런 상태에 이른 것은 아니고, 더군다나 일단 완전히 무심해졌대도 여전히 섬광 같은 기억,

추억의 깨진 파편들이 남아 있어서 더 생생하고 더 날카로운 감수성이 깨어나기도 했다고 덧붙여 두어야겠다. 이런 일은 페스트가 끝나리라는 것을 전제로 모종의 계획을 세워 본다거나 하는 기분 전환의 순간에 일어났다. 혹은 아주 느닷없기는 한데, 약간의 가호가 있어 대상 없는 질투심에 깨물린 아픔을 생생하게 느낄 때였다. 특정 요일에 여러 차례 갑작스러운 갱생을 경험하는 이들도 있었는데, 일요일과 토요일 오후는 대개는 종전에 부재자들과 함께했던 여러 의식들 때문이었다. 가끔은 하루가 저물 무렵에 그들의 마음을 사로잡던 어떤 우수가 밀려와서 옛 기억들이 떠오를 거라는 일종의 경고를 보냈는데, 항상 이뤄진 건 아니었다. 신자들에게는 양심을 들여다보는 시간인 저녁 시간은, 들여다볼 게 오직 제 마음속 공허밖에 없는 죄수나 유배객에게는 가장 가혹한 시간이었다. 그들은 그 시간에 잠시 붙잡히지만, 곧 무기력의 늪으로 가라앉아서 페스트의 감옥에 다시 틀어박혔다.

이 모든 것들은 명백히 자신들의 삶에서 가장 사적인 것을 포기한다는 의미다. 페스트의 초기에는 남들에게는 아무것도 아닌데 자신에게는 아주 중요한 사소한 것들이 많다는 것에 놀라고, 그러면서 아마도 난생 처음 사생활의 중요성을 인식했었다면, 이제는 오히려 반대로 남들이 관심을 가지는 일에만 관심을 가졌고, 보편적인 생각만 했으며, 심지어 가장 다정한 애정마 저도 (마치 주식 같은) 추상성을 띠었다. 페스트의 지배 에 지독하게 사로잡혀서, 때로 그들이 원하는 건 페스 트가 가져다 줄 잠뿐일 때도 있었고, 스스로 '페스트에 걸리면 다 끝내 버릴 수 있으니, 잘된 일이야!'라고 생 각할 정도였다. 하지만 실상 그들은 이미 잠들어 있어 서, 그 모든 시간은 긴 잠에 불과했다. 오랑 시는 몽유 병 환자들로 가득했고, 그들은 한밤에 다 아문 줄 알았 던 상처가 다시 벌어지는 드문 순간 제정신을 차렸다. 그렇게 소스라쳐 깨어난 그들은 도진 상처에 무심코 손가락을 대고 입술을 삐죽거리다가, 순식간에 슬픔이 생생해지고 눈앞에 자신들 사랑의 슬픈 얼굴이 떠올랐 다. 그랬다가 아침이면 다시 평상시로, 그러니까 전염 병으로 되돌아갔다.

생이별한 사람들은 어떤 모습이냐고 묻는다면, 답은 간단하다. 아무 모습도 아니었다. 남들과 똑같은 모습, 완전히 일반적인 모습을 하고 있었다. 그들은 도시의 평온함과 유치한 소란스러움을 공유했다. 비판적 감각을 다 잃고 차분함을 얻었다. 예컨대 가장 지성적인 사람이라도 그저 남들과 똑같이 신문이나 라디오방송에서 페스트의 조속한 종말을 믿을 만한 단서들을 찾는 척했다. 어떤 신문기자가 하품을 해 대며 되는대로 썼던 기사를 읽고 허황된 희망, 혹은 터무니없는 공포를 느끼는 척했다. 그러면서 내내 남들과 전혀 다를 바 없이 맥주를 마시고, 환자들을 치료하고, 게으름을 피우거나 일에 파묻혔고, 사무실 서류를 정리했고, 레코드판들을 들었다. 다시 말해서, 그들은 더 이상 아무것도 선택하지 않았다. 페스트가 판단력을 없애 버렸다. 심지어 구입할 옷이나 식품의 품질도 전혀 살피지 않았다. 뭐든 주어지는 대로 받아들였다.

마지막으로, 생이별한 사람들은 처음에 자신들을 보호해 주던 신기한 특권을 더 이상 갖고 있지 않았다고 말할 수 있다. 사랑의 이기주의와 거기서 나오던 혜택을 모두 상실해 버렸다. 적어도 이제는 상황이 명백했다. 이 재앙은 모두의 일이 된 것이다. 관문들에 울리던 총성, 생사에 박자를 주던 도장 찍는 소리, 화재와 목록 작성, 공포와 수속 절차, 무시무시한 화장터의 연기와 구급차의 단조로운 경적 사이에서, 굴욕적이지만 장부에 등록되는 죽음을 약속 받은 우리 모두는 자기도 모르는 사이에 똑같은 벅찬 재회와 똑같은 벅찬 평화를 기다리면서 귀양살이라는 같은 빵으로 자양분을 섭취하고 있었다. 우리의 사랑은 분명 여전히 거기에 있었지만 사용할 수 없었고, 지니기에는 너무 무거웠고, 마음속에서 무기력했고, 범죄나 사형 선고처럼 무익했다. 미래가 없는 인내와 좌절된 기다림에 불과했다. 이런 시각에서 볼 때, 몇몇 시민들의 태도가 도시 곳곳의 식료품 가게들 앞에 늘어선 긴 줄을 생각나게 했다. 무제한적인 동시에 환상이 없는 똑같은 체념과 똑같은 자제심이라는 점에서 말이다. 다만 식료품 구입자들과 유일하게 다른 점은, 이별한 자들의 감정 수위가 천 배이상 높았다. 그 감정은 또 다른 굶주림이자 모든 것을 삼켜 버릴 수 있는 굶주림과 관련되었기 때문이다.

어쨌든 우리 시의 생이별한 사람들이 처한 정신 상태를 정확히 알고 싶다면, 먼지가 자욱한 황금빛 석양속에 나무 한 그루 없는 거리로 남녀의 무리가 쏟아져나오는, 저 음울한 저녁들을 떠올려 보면 된다. 마지막햇살이 내리쬐는 테라스에 앉아 있으면, 평상시라면 도시에서 내내 들렸을 자동차와 기계 소리가 없는 대신, 낮은 음성과 바쁜 발걸음들로 된 거대한 웅성거림, 무거워진 하늘 아래 페스트가 내는 휘파람 소리에 맞춰서 움직이는 수천의 구두창들의 울림이 들렸다. 그 끝없고 숨 막히는 제자리걸음 소리가 점점 커져서 도시를 가득 메웠고, 우리의 마음속에서 사랑 대신 자리를 잡은 맹목적인 인내의 가장 진실하고도 슬픈 의미를 매일 저녁 드러내 주었다.

제4부

9월과 10월 두 달 동안, 오랑 시는 페스트의 발 아래 굴복했다. 페스트가 정체 상태니까 수십만의 사람들이 제자리걸음밖에 할 수 없었고, 그렇게 수주일이 끝나지 않을 듯 지루하게 이어졌다. 안개, 더위, 비가 차례로 거리를 채웠다. 남쪽에서 찌르레기와 개똥지빠귀떼가 몰려와서 아주 높이 날았는데, 항상 도시를 조용히 우회해 지나갔다. 마치 파늘루 신부가 집들의 지붕 위에서 획획 소리를 내며 회전하는 이상한 나무 도리깨 같다고 말했던 그 이상한 재앙이 새들을 멀리 쫓기라도 하는 듯했다. 10월 초에 큰 폭우가 거리를 깨끗이 쓸어 냈다. 그 기간 내내 무수한 제자리걸음보다 더 중요한 일은 일어나지 않았다.

그제서야 리외와 친구들은 자신들이 얼마나 지쳤는지 깨달았다. 사실 보건위생대 사람들도 더 이상 피로를 감당해 낼 수 없었다. 리외는 동료들이, 그리고 자기 자신이 변해가고 있음을 알아차렸다. 매사에 기이하리만큼 시큰둥하고 무관심해지고 있었다. 예컨대 이전에는 페스트와 관련된 소식이라면 무엇이든 날카롭게 촉각을 곤두세우고 주목했었는데, 이제는 전혀 관심을 보이지 않았다. 랑베르는 자신이 묵는 호텔에 설치된 예방격리소의 관리직을 임시로 맡았는데, 자신이 감호하는 사람들의 수를 완벽하게 알고 있었다. 갑자기 병세가 나타난 사람들을 즉각 퇴실시키는 시스템을 직접 만들어서 가장 사소한 사항들까지 외우고 있었다. 예방격리자들에게 미친 혈청 효과에 대한 통계도 그의 기억 속에 새겨져 있었다. 하지만 그는 페스트 사망자들의 주간 집계는 몰랐고, 심지어 수치가 상승세인지 하락세인지도 알지 못했다. 그리고 그 와중에도 만사 불구하고 곧 탈출하리라는 희망을 여전히 품고 있었다.

다른 사람들은 어떠냐면, 밤낮으로 일에 몰입해서 신문도 읽지 않고 라디오도 듣지 않았다. 누군가 어떤 결과를 알려 주면 흥미롭다는 시늉은 하지만 실상 건성으로 대응했다. 흡사 끝없는 중압감과 일상의 의무들에 진이 빠져서, 큰 전쟁에 참전했으면서도 결전의 날도 휴전의 날도 더 이상 기대하지 않는 병사들에게서나 나오는 무관심이었다.

페스트와 관련된 수치들을 계산해 왔던 그랑도, 그 숫자들이 가리키는 바를 종합적으로 바라볼 여력은 없었을 것이다. 리외와 랑베르와 타루가 피로를 잘 견뎌온 것과 달리, 그랑은 건강이 별로 좋지 않았다. 그런데도 시청에서의 근무 외에 리외의 서기직과 자신의 야간작업을 겸했다. 그러니 계속 탈진 상태였고, 페스트가 끝나자마자 최소한 일주일은 완전히 휴가를 내서 작업 중인 원고에 "모자를 벗으시오" 소리를 들을 정도로 전념하겠다는 등의 두세 가지의 생각으로 버티고 있었다. 그는 수시로 감상에 빠졌고, 그럴 때면 굳이 리외에게 잔 이야기를 털어놓았다. 그녀가 지금 어디에 있을지, 신문을 읽으며 그의 안부를 걱정하기는 할지 궁금하다고 했다. 그래서인지 어느 날 리외는 그랑에게 예사롭게 아내에 대해 털어놓다가 깜짝 놀랐다. 그때까지 결코 없던 일이었다. 그는 아내의 전보에 늘 안심되는 내용만 적혀 있는 것이 의심스러워서 요양소 원장에게 직접 전보를 쳤다가, 환자의 병세는 악화되었으나 병의 진행을 막기 위한 최선의 치료들을 다 하고 있다는 답신을 받은 참이었다. 이제껏 혼자만 간직했던 소식을 어째서 그랑에게 털어놓았는지, 리외는 극심한 피로를 탓했다. 시청 서기가 잔 이야기 끝에 리외에게 아내의 안부를 묻더니, 리외의 대답을 듣고 이렇게 답했던 것이다.

"알다시피 그거 요새 잘 완치된다고 하던데요."

이 말에 리외는 순순히 수긍하며, 별거가 길어지는 게 마음에 걸리고, 무엇보다도 자기가 곁에서 투병 생활을 도왔어야 했는데 그러지 못해서 아내가 지금 지독하게 외로워하고 있을 게 틀림없다고 말했다. 그러고 나서 리외는 입을 다물고 그랑의 질문에 대답을 얼버무렸다.

다른 이들도 거의 같은 형편들이었다. 타루가 가장 잘 이겨 내고 있었지만, 그의 수첩을 보면 호기심의 깊이는 줄지 않았지만 다양성을 잃었음이 보였다. 실제로 그 기간 내내 그는 유난히 코타르에게만 관심을 가졌다. 그는 호텔이 예방격리소로 바뀌어서 리외의 집에 묵고 있었는데, 그랑이나 의사가 그날의 상황 변화에 대해 말해도 거의 듣지 않고 대화를 곧장 자신의 주요 관심사, 시시콜콜한 오랑 시의 생활사로 몰아갔다.

아마 가장 힘겨워한 사람은 노의사 카스텔일 것이다. 그가 혈청이 준비되었다고 알려 주러 간 날, 리외의 환자로 갓 입원했으나 증상이 절망적이던 오통 씨의 어린 아들에게 첫 시험 투약을 하기로 결정했다. 리외는 최신 통계치를 설명해 주다가, 그가 안락의자에 앉은 채 곯아떨어진 것을 보았다. 친구의 얼굴은 충격적으로 변해 있었다. 자상하면서도 냉소적인 미소가 감돌아 영원히 청춘 같아 보이던 얼굴이, 지금은 제멋대로 반쯤 벌어진 입술에서 흘러나온 침으로 피로하고 노쇠해 보였다. 리외는 목이 조여드는 느낌을 받았다.

바로 이런 약한 모습들을 보며 리외는 자신의 피로도를 가늠했다. 감정이 점점 통제되지 않았다. 그저 거의 언제나 억눌러서 경직되고 날카로워질 뿐이고, 가끔씩 폭발해서 어찌할 수 없는 격정에 휘둘리곤 했다. 하지만 이런 경직성 속으로 피신해 마음속 매듭을 더 조이는 것 외에는 방법이 없었다. 이것만이 계속해 나갈 수 있는 유일한 방법이었다. 어차피 기대하는 바도

별로 없는데, 피로가 그마저도 앗아갔다. 그는 끝이 어디인지 내다볼 수 없는 그 기간에는 자신의 역할이 병의 치유가 아니라 진단임을 알고 있었다. 발견하고, 관찰하고, 설명하고, 등록하고, 선고를 내리는 것, 이것이 그의 일이었다. 부인들이 그의 손목을 잡고 울부짖곤 했다.

"선생님, 저 사람 좀 살려 주세요!"

하지만 그는 목숨을 살리기 위해서가 아니라 격리를 명령하기 위해 간 것이다. 그때 저들의 얼굴에서 읽어 냈던 증오심은 얼마나 컸던가! "인정머리 없는 치." 언젠가 한 여자는 그에게 이렇게 내뱉었다. 그녀가 틀렸다, 그는 인정이 넘쳤다. 바로 이 인정 때문에, 그는 살아야 할 사람들이 죽어 가는 모습을 매일 스무 시간씩 참아냈고, 매일 새롭게 시작했다. 딱 이 정도의 인정밖에 남아 있지 않았다. 대체 어떻게 이런 인정이 생명을 살리기에 충분했겠는가?

그렇다. 리외가 하루 내내 나눠 준 것은 치료가 아니라 정보뿐이었다. 물론 그런 것을 사람의 본분이라고 부를 수는 없다. 하지만 어쨌든 공포에 질려 대량으로 죽어 가던 군중 사이에서 사람의 본분을 다할 여유가 대체 누구에게 남아 있었겠는가? 그나마 리외로서는 녹초가 된 게 다행이었다. 만일 덜 지쳐서 감각들이 깨어 있었다면, 도처에 퍼져 있는 죽음의 냄새 때문에 감상적이 되었을 것이다. 하지만 네 시간밖에 못 잔 사람은 감상적이지 않다. 매사를 보이는 그대로, 가증스럽고 하찮은 정의(正義)의 불빛에 비춰지는 대로 본다. 죽음의 선고를 받은 이들도 어렴풋이나마 그것을 느꼈다. 페스트로 판명되기 전에 사람들은 리외를 구원자처럼 맞이했다. 약 세 알과 주사 한 대로 병을 고치는 그의 팔을 잡고 병실까지 안내했다. 그건 흐뭇했지만 위험했다. 지금은 반대로, 그가 군인들을 대동하고 가서 가족들이 문을 열 때까지 개머리판으로 두들겨야만 했다. 그들은 리외와 인류 전체를 자신과 함께 무덤으로 끌고 들어가고 싶은 마음이 간절했으리라. 아! 정말 사람은 다른 사람들 없이 지낼 수 없고, 의사도 이 불행한 자들만큼이나 속수무책이니, 리외가 그들의 집을 나오며 느끼는 울컥하는 동정을, 그 역시도 받아야 마땅했다.

어쨌든 이상이 그 끝날 것 같지 않던 여러 주 동안 의사 리외가 아내와의 이별 문제 빼고 주로 떠올렸던 생각들이다. 그가 친구들의 얼굴에서 읽어 낸 생각들도 거의 같았다. 하지만 재앙에 맞서 투쟁하던 이들이 조금씩 피로에 무너져 탈진했을 때 가장 위험한 결과는, 외부 사건이나 타인의 감정에 대한 무관심함이 아니라, 스스로의 생활이 망가지는 것을 방치하는 나태함이었다. 그들은 꼭 필요한 것이 아니거나 힘에 벅차 보이는 모든 행동을 회피하는 경향이 생겼다. 그래서 점점 더 자주, 자신들이 세운 위생 규칙에 소홀해지고, 스스로 시행했어야 할 소독 조치들을 까먹고, 심지어 페스트 환자의 집에 감염 예방 조치도 전혀 않고 방문하기도 했다. 그도 그럴 것이 감염된 집들에 간다는 통지를 마지막 순간에야 받으니까 몸에 소독약을 뿌리러 소독 센터(때론 꽤나 떨어진 곳이었다)까지 가는 일이 아주 번거로웠다. 바로 이 점이 진짜 위험했다. 페스트와의 투쟁에 힘을 쏟을수록 그들은 페스트에 취약해졌다. 결국 그들은 운에 내기를 건 셈인데, 운은 누구의 편도 아니다.

하지만 이 도시에서 단 한 사람만은 탈진하거나 낙담해 보이지 않고 오히려 만족감의 살아 있는 표상으로 남아 있었다. 코타르였다. 그는 리외나 랑베르와 연락은 주고받았지만 여전히 거리를 두고 지냈다. 반면에 타루와는 자주 만났다. 타루가 바쁜 일정 중에 잠깐이라도 짬이 나면 만나러 갔다. 타루가 코타르의 형편을 잘 알면서도, 언제나 변함없이 호의적으로 반겨 줘서 마음이 편해졌기 때문이다. 그것은 타루의 놀라운 점이었다. 아무리 일을 많이 해서 피곤해도 늘 기꺼이 듣고 세심하게 챙겼다. 완전히 녹초가 되었다가도 그다음 날이면 다시 기운을 차렸다. 언젠가 코타르는 랑베르에게 이렇게 말했다.

"타루 씨는 누구와도 대화할 수 있어요. 인간적이니까요. 언제나 이해해 주죠."

정확히 이런 이유로 그 시기의 타루의 기록은 점차 코타르라는 인물에 집중되었다. 타루는 코타르가 자기에게 털어놓았거나 해석을 가한 대로의 반응과 고찰을 다 기록하려고 노력했다. 그것들은 '코타르와 페스트의 관계'라는 표제 아래 수첩의 여러 쪽을 차지하고 있다. 여기서 그 개요를 소개해 보면 유익할 것 같다. 다음의 문장에 그 시기 이 키 작은 하숙인에 대한 타루의 전반적인 생각이 집약되어 있다.

「그는 성장하고 있는 인물이다. 온정과 유머가 늘고

있다.」

코타르는 현재 상황들이 진행되는 추이에 전혀 불만이 없었다. 가끔 타루 앞에서 자신의 본심을 이런 식으로 표현했다.

"매일 더 나빠지네요, 안 그래요? 뭐, 그래도, 다들 한 배에 탄 처지니까요."

타루는 이렇게 덧붙였다.

「물론 그도 다른 사람들처럼 위협을 받고 있는데, 그게 핵심이다. 남들과 함께 겪고 있다는 것 말이다. 확신컨대, 그는 자신이 페스트에 걸릴 수도 있다고 진지하게 생각하지 않는다. 큰 병이나 깊은 불안에 사로잡혀 있는 사람은 다른 모든 병과 고민을 면제받는다는, 어찌 보면 그다지 어리석지 않은 생각을 하면서 살아가는 모습이다. 그가 내게 말했다.

"병을 겹쳐서 앓는 사람이 없다는 거, 눈치챘나요? 당신이 암이나 급성 폐렴 같은 불치병을 앓는다면, 결코 페스트나 장티푸스에 안 걸려요. 신체적으로 불가능해요. 범위를 더 넓혀도 돼요. 교통사고로 죽는 암 환자도 본 적 없죠?"

맞든 틀리든 이런 생각이 코타르를 명랑하게 만든

다. 그가 가장 원치 않는 것은 다른 사람들과 떨어져 있는 일이다. 그는 혼자서 죄수가 되느니 차라리 모두와 함께 포위당하고 싶어 한다. 페스트 때문에 사찰, 서류, 체포 영장, 수수께끼 같은 심리 등의 문젯거리가 중단되었다. 쉽게 말해서 요즘은 더 이상 경찰도, 해묵은 혹은 새로운 범죄도, 범죄자도 없다. 오직 가장 종잡을 수 없고 변덕스러운 사면만 바라고 있는 사형수들이 있는데, 경찰관들도 거기에 포함되어 있는 것이다.」

(우리가 타루의 분석을 믿는다면) 코타르가 주변 사람들의 불안과 혼란의 징조들을 매우 너그럽고 포용적으로 만족스럽게 바라본 것도 다 나름의 근거가 있었다. 그가 말한 적도 있다.

"얼마든지 떠들어 봐요. 난 당신보다 먼저 다 겪었으니까."

타루의 기록은 계속 이어진다.

「남들과 떨어지지 않는 가장 확실한 방법은 결국 양심을 갖는 데 있다고 말했을 때, 그가 인상을 쓰며 나를 빤히 보았다.

"그렇다면 그 누구도 결코 누군가와 함께 있을 수 없죠."

그러더니 잠시 후에 이렇게 덧붙였다.

"타루 씨, 말하고 싶은 대로 얼마든지 말하세요. 하지만 내가 장담합니다. 사람들을 함께하도록 만드는 한 가지 방법이 그들에게 페스트의 저주를 내리는 겁니다. 주위를 좀 둘러보세요."

사실을 말하자면 나는 그가 무슨 말을 하고픈지, 현재의 생활을 얼마나 편안하게 느끼는지 잘 이해한다. 다른 사람들의 반응이 한때 자기가 겪어 봤던 것들인데 어떻게 모르겠는가? 서로가 서로의 마음에 들어 보려고 기를 쓰는 노력, 길 잃은 행인을 언제는 억지로 도왔다가 언제는 불쾌함을 드러냈다가 하는 기분, 고급 식당으로 몰려가서 거기에 있다는 만족감에 젖어 떠나기를 주저하는 발걸음, 매일같이 영화관 앞에 줄을 서고 모든 공연장과 심지어 댄스홀을 채우다가 모든 광장과 거리로 사슬 풀린 물결처럼 퍼져 가는 떠들썩한 인파, 모든 접촉 앞에서 움찔하고 뒷걸음질치면서도 다른 사람에게, 다른 몸뚱이에게, 다른 이성에게 밀치는 인간적인 체온의 갈망 등등. 코타르는 그들보다 앞서 이 모든 것을 경험한 것은 확실하다. 단, 여자만은 예외였는데, 왜냐하면 그의 생김새가…… 그리고 내

짐작에 그는 매춘부를 만나러 가려다가도 나중에 자신에게 피해가 올 수 있을 나쁜 취미는 갖지 않으려고 단념한 것 같다.

결국 페스트는 그에게 이롭게 작용했다. 페스트는 고독하지만 고독을 원치 않던 사람을 공범으로 만들었다. 그래, '공범'이 딱 맞는 표현이다. 공모를 즐기고 있지 않은가. 코타르는 자신을 둘러싼 주변의 모든 것, 즉 갖가지 미신, 맹목적인 공포, 항상 경계하는 영혼들의 신경과민에 기꺼이 동참한다. 되도록 페스트 이야기는 안 하고 싶어 하면서도 페스트 이야기만 끊임없이 하는 괴벽, 그 병이 두통으로 시작된다는 것을 안 다음부터 조금만 머리가 아파도 질색하며 파리해지는 심경, 대수롭지 않은 과실에 노했다가 바지 단추 하나 잃어버린 것에 눈물을 쏟는 신경질적이고 날선 감수성, 이 모든 것의 공범이다.」

타루가 코타르와 함께 저녁에 외출하는 일이 잦아졌다. 그는 뒤이어 수첩에, 어떻게 그들이 어깨를 맞대고서 황혼 녘부터 밤에 거리를 채우는 어두운 군중 속으로 섞여 들었는지, 드문드문 가로등의 희미한 빛에 희었다 검었다 하는 덩어리 속에 잠겨, 페스트의 냉기를 막아 주는 뜨거운 쾌락을 향해 가는 무리들에 휩쓸리게 되었는지 적었다. 몇 개월 전에 코타르가 공공장소에서 찾던 것, 가령 사치스럽고 풍족한 생활, 만족시킬 수 없이 꿈만 꾸던 고삐 풀린 향락, 그것을 이제는 전체 시민이 추구하고 있었다. 물가가 걷잡을 수 없이 올랐지만 사람들이 그때만큼 돈을 낭비한 적이 없었고, 또한 생필품조차 부족한 때에 그 어느 때보다 과소비가 횡행했다. 여가 시간이라지만 사실상 실업 상태일 뿐인데도 유흥을 수십 배로 즐겼다. 타루와 코타르는 가끔 수많은 연인들 중 한 쌍씩 정해서 눈으로 좇기도 했다. 전에는 서로의 관계를 감추려고 애쓰던 남녀가, 이제는 서로 꼭 붙어서, 주위의 군중은 보이지도 않는 듯 약간 무례할 정도로 열정적으로 끌어안고 고집스럽게 거리를 걸어 다녔다. 코타르는 흡족해 하며 외쳤다. "아! 청춘들!" 그는 집단적 흥분, 커피숍 테이블 위에 짤랑거리며 떨어지는 큰 액수의 팁, 눈앞에서 벌어지는 연애 등의 한복판에서 얼굴이 밝아졌다.

타루는 코타르의 태도에 악의는 거의 없다고 본 듯하다. "난 그들보다 먼저 그런 것을 경험했다"라는 그의 말을 승리보다는 연민을 더 많이 내포한 표현으로 본 것이다.

「그가 하늘과 성벽 사이에 갇힌 이 사람들을 사랑하기 시작한 것 같다. 만약 그에게 직접 설명할 기회가 있었다면, 생각만큼 그렇게 끔찍하지는 않다고 말했을 것이다. 내게 이렇게 말했으니 말이다.

"저들이 말하는 소리 들었죠? 페스트가 끝나면 이걸 할 거야, 저걸 할 거야……. 저들은 가만히 있지 못해서 자신들의 삶을 갉아먹고 있어요. 자신들이 가진 특권을 전혀 몰라요. 날 봐요. 체포된다면 이걸 할 거야, 하고 말할 수 있겠어요? 체포는 시작이지 끝이 아니거든요. 반면에 페스트는……. 내 생각을 말할까요? 저들은 일이 흘러가는 대로 그냥 놔두지 못해서 불행한 거예요. 다 근거가 있으니까 이렇게 말하는 겁니다."」

타루는 이렇게 덧붙였다.

「맞다. 그의 말에는 근거가 있다. 코타르는 오랑 시민들의 모순을 정확하게 꿰뚫어 보고 있다. 그들은 인간적인 친밀감을 갈망하지만 동시에 서로를 편가르는 불신 때문에 감히 그렇게 하지 못한다. 이웃을 신뢰할 수 없다는 게 상식이다. 이웃이 당신도 모르는 사이에 페스트를 옮기고, 당신이 잠깐 방심한 틈에 당신을 감

염시킬 수 있기 때문이다. 코타르처럼 모두를 밀고자
로 의심하면서, 심지어 마음이 끌리는 상대까지도 의
심하면서 하루를 지내보면 이런 감정을 이해할 수 있
다. 페스트가 불시에 자신의 어깨에 손을 얹을 수 있다
는 생각에 시달리는 사람들에게, 그것도 아직 자신은
건강하고 안전하다고 안도하는 바로 그 순간에 덮칠
수 있다는 걱정에 좌불안석인 사람들에게 동지애를 느
낄 것이다. 코타르는 지금까지는 가능한 한 공포 아래
서도 편안하게 지낸다. 하지만 그는 그들보다 앞서 그
모든 감정을 겪었기 때문에, 한시도 잊을 수 없는 불확
실성의 고통을 남들과 완전히 똑같이 공유하는 건 불
가능하다.

결론적으로, 아직은 페스트로 죽지 않은 우리 모두
와 마찬가지로 코타르도 자신의 자유와 생명이 언제라
도 파괴될 수 있음을 온전히 인식하고 있다. 다만 그는
지속적인 공포 속에서 사는 것이 뭔지 알기 때문에, 남
들이 이 공포를 겪는 것을 정상으로 여긴다. 더 정확하
게 말하자면, 그는 공포를 오롯이 홀로 짊어졌을 때보
다 지금 이 상황이 훨씬 견디기 수월하다. 바로 그 점에
서 그가 틀렸기 때문에, 그를 이해하는 것이 다른 사람

들을 이해하는 것보다 더 어렵다. 하지만 어쨌든 바로 이런 점에서 그는 더 이해하고자 애써 볼 가치가 있는 사람이다.」

마지막으로 타루의 수기는 코타르와 페스트에 걸린 사람들에게서 발견되던 독특한 마음 상태를 보여 주는 어떤 에피소드로 막을 내린다. 당시의 이상하게 과열된 분위기를 거의 그대로 재현해 주기 때문에 중요한 에피소드라 하겠다.

어느 날 저녁 그들은 〈오르페우스와 에우리디케〉를 공연하고 있던 시립 오페라 극장에 갔다. 코타르가 타루를 초대했다. 한 오페라단이 봄에 오랑으로 순회공연을 왔다가, 페스트가 창궐해서 발이 묶여 버렸다. 이에 오페라단과 오페라 극장 측은 추후 통보가 있을 때까지 매주 1회씩 공연을 열기로 협의했다. 이렇게 해서 몇 달째 매주 금요일 저녁마다 시립극장에서 오르페우스의 음악적 탄식과 에우리디케의 무력한 호소가 울려 퍼졌다. 그런데도 이 공연은 거의 항상 매진이 되었다. 코타르와 타루가 앉은 로얄석에서 오랑 시의 사교계 명사들로 꽉 찬 1층 일반석이 내려다보였다. 그들이 좌석을 찾아갈 때 우아하게 걸으려고 조심하는 모습을 보는 재미가 쏠쏠했다. 무대에 악사들이 올라 조용히 악기를 조율하는 동안, 실루엣들이 뚜렷하게 드러나며 이 열에서 저 열로 지나가거나 고상하게 허리를 굽히곤 했다. 점잖은 대화 정도의 가벼운 웅성거림 속에서 사람들은 몇 시간 전 캄캄한 시가를 걸어오며 잃어버린 안정을 되찾았다. 정장 차림이 페스트를 쫓아 버리고 있었다.

1막 내내 오르페우스는 능숙하게 탄식했고, 그리스 튜닉을 입은 몇몇 여자가 우아하게 오르페우스의 불행을 설명했으며, 사랑은 아리에타 형식으로 노래되었다. 관객들은 신중한 박수로 은근한 열기를 표했다. 오르페우스가 2막의 노래에서 임의로 떨리는 목소리를 집어넣어, 지옥의 주인에게 자신의 눈물에 감동해 달라고 조금 지나칠 정도로 비장하게 부탁하는 것을 눈치챈 사람은 거의 없었다. 그가 자기도 모르게 한 발작적인 몇몇 몸짓들을 아주 주의력이 깊은 사람들은 연기를 극대화하는 세련된 스타일로 보았다.

3막에서 오르페우스와 에우리디케의 이중창(에우리디케가 연인을 떠나는 순간!)이 되어서야 모종의 놀라움이 장내에 감돌았다. 그리고 마치 관객의 술렁임을 기다렸다는 듯이, 아니, 그보다는 일반석에서 오는 웅성 거림에 자신의 느낌을 확신했다는 듯이, 바로 그때 오르페우스가 튜닉 아래로 드러난 팔다리를 어기적거리는 기괴한 몸짓으로 바닥 조명 장치 쪽으로 걸어 나오더니, 양 떼 목장 한복판에 쓰러졌다. 줄곧 안 어울렸지만, 그제서야 관객의 눈에 소름끼치게 시대착오적인 무대장치가 보였다. 이와 동시에 오케스트라가 연주를 멈췄기 때문에 일반석의 사람들이 일어나 천천히 장내를 비우기 시작했다. 처음에는 조용히 예배가 끝나고 교회에서 나오듯이, 혹은 문상을 하고 빈소에서 나오듯이, 여자들은 치마를 여미고 머리를 숙인 채로 나갔고, 남자들은 같이 온 여자들의 팔꿈치를 잡아 관람석에 걸리지 않도록 안내하면서 나갔다. 하지만 점차 동작이 급해지고, 수군거리는 소리가 외침으로 변하더니, 군중이 출구 쪽으로 몰려 달려가 마침내 비명을 지르면서 서로를 밀쳤다. 코타르와 타루는 그저 자리에서 일어선 채 당시 그들 삶을 극적으로 보여 주는 영상을 응시했다. 무대 위에는 전신이 풀린 광대 모양을 한 페스트가, 객석에는 버려진 부채며 붉은 의자 위에 내팽개친 레이스 숄 등 아무 쓸모가 없어진 사치가 널려 있었다.

***

9월 초순에 랑베르는 리외 옆에서 진지하게 일했다. 곤살레스와 두 청년을 남자고등학교 앞에서 만나기로 한 날에만 반차를 요청했다.

곤살레스는 정오에 정확히 나타났다. 신문기자가 그와 이야기를 나누고 있을 때, 두 녀석이 웃으면서 다가오는 게 보였다. 그들은 지난번에는 운이 없었지만 충분히 예상할 수 있었던 돌발상황이라고 했다. 어쨌든 이번 주에 그들은 경비 당번이 아니었다. 다음 주에 다시 시도하자고 하니 랑베르는 그때까지 참아야 했다. 랑베르는 이 일에 인내심이 얼마나 필요한지 되새겼다. 곤살레스가 다음 월요일로 만나자고 제안하며, 이번에는 랑베르가 마르셀과 루이의 집으로 가는 게 좋겠다고 했다.

"자네랑 나는 따로 만나자고. 혹시 내가 못 오면, 저애들 집으로 곧장 가 있게. 주소를 알려줄 테니."

하지만 마르셀인지 루이인지가 지금 이 친구를 데려가는 것이 가장 간단하다고 말했다. 랑베르의 입맛이 까다롭지 않다면 먹을 것은 있다고 했다. 곤살레스가 그게 좋겠다고 동의했고, 그들은 항구 쪽으로 내려갔다.

마르셀과 루이는 마린 동네의 끝, 해안 기슭 쪽으로 난 동네 근처에 살았다. 벽은 두껍고, 창에는 페인트칠을 한 나무 덧창이 달렸으며, 방에는 아무 장식이 없는 어둡고 작은 스페인식의 집이었다. 청년들의 어머니는 웃는 낯에 주름이 많은 늙은 스페인 여자였는데, 쌀밥을 대접했다. 곤살레스는 깜짝 놀랐다. 시내에는 쌀이 떨어졌기 때문이었다. "관문에서 가져온 거예요." 마르셀이 말했다. 랑베르가 실컷 먹고 마시자, 곤살레스는 이제 그가 진짜 친구라고 말했다. 신문기자는 앞으로 지내야 할 1주일에 대해서만 생각하고 있었다.

실은 2주를 기다려야 했다. 경비원의 수를 줄이려고 교대가 보름으로 연장된 것이다. 2주일 동안 랑베르는 몸을 아끼지 않고, 그야말로 눈 딱 감고 새벽부터 밤까지 일했다. 그는 밤늦게 잠자리에 들어 곯아떨어졌다. 거의 빈둥거리며 지내다가 갑자기 강도 높은 노동을 하다 보니 잡념도 기력도 없어졌다. 임박한 탈출에 대해서도 별 말이 없어졌다. 단 하나 특기할 만한 사건은, 1주가 지나서 리외와 만나 그 전날 처음으로 술에 취했다는 이야기를 털어놓았던 일이다. 그런데 바에서 나올 때 그는 문득 서혜부가 붓고 겨드랑이 주위에서 두 팔을 놀리기가 힘든 느낌이 들었다.

'나도 걸렸구나.'

그는 페스트라고 생각했다. 그때 그의 유일한 행동은, 리외에게 어리석었다고 인정했듯이, 언덕을 뛰어 올라가 바다는 안 보이지만 하늘이 조금 더 보이는 조그만 광장에서 도시의 벽 너머를 향해 큰 소리로 아내를 부른 것이었다. 집으로 돌아오는 길에 더 이상 아무런 감염 증세가 없자, 그는 그런 식으로 무너졌던 게 부끄러웠다. 하지만 리외는 잘 이해한다고 말했다.

"뭐, 얼마든지 그러고 싶을 수 있죠."

그러더니 갑작스럽게 말했다.

"오통 씨가 오늘 아침에 당신을 아느냐고 묻더군요. '알면 그에게 충고해 주세요. 암거래꾼들하고 자주 접촉하지 말라고요. 주시의 대상이 되고 있어요.' 그렇게 말했어요."

"그게 무슨 뜻인가요?"

"서둘러야 한다는 뜻이죠."

"고맙습니다."

랑베르가 의사의 손을 잡고 악수했다. 그러다가 문가에서 불쑥 몸을 돌렸다. 리외는 페스트가 시작된 후 그가 처음으로 미소를 짓고 있음을 깨달았다.

"그런데 왜 내가 떠나는 것을 막지 않죠? 그럴 수 있잖아요."

리외는 습관적인 동작으로 고개를 끄덕이고서, 랑베르 개인의 일이자 행복을 택한 선택인데 자신이 반대할 근거가 없다고 말했다. 리외는 랑베르의 문제에 있어서 무엇이 옳고 무엇이 나쁜가를 판단할 능력이 자신에게 없음을 느끼고 있었다.

"그렇다면 왜 내게 탈출을 서두르라고 하죠?"

이번에는 리외가 미소를 지었다.

"어쩌면 나 역시 행복을 위해 뭔가 하고 싶기 때문일 거예요."

그다음 날, 그들은 말없이 함께 일했다. 그다음 주 일요일에 랑베르는 마침내 그 작은 스페인식 집에 자리를 잡았다. 그를 위해 거실에 침대를 하나 들여놓았다.

젊은이들이 식사를 하러 집에 오는 일은 없었고, 되도록 밖에 나가지 말라는 당부를 받았으므로, 랑베르는 대부분의 시간을 혼자 거실에서 지내거나 그들의 노모와 이야기를 나눴다. 그녀는 무뚝뚝하고 활동적이었는데, 검은 옷을 입었고 아주 깨끗한 흰 머리칼 아래의 얼굴은 갈색에다 주름이 많았다. 말수가 없어서 랑베르를 쳐다볼 때 두 눈 가득 미소만 지었다.

언젠가 그들의 노모가 랑베르에게 페스트를 아내에게 옮길까 봐 두렵지 않느냐고 물었다. 그는 분명 그런 위험성이 있지만 실제로 가능성이 매우 낮은 반면, 도시에 남으면 그들이 영원히 헤어지게 될 위험성은 다분하다고 대답했다. 노모가 미소를 지었다.

"부인은 상냥하죠?"

"아주 상냥합니다."

"예쁘고?"

"그런 것 같아요."

"아! 그래서군요."

노모가 고개를 끄덕였다. 랑베르는 곰곰이 생각해봤다. 분명 그래서이긴 하지만, 그게 전부는 아니었다.

매일 아침 미사에 가는 노모가 물었다.

"하느님은 안 믿죠?"

랑베르가 안 믿는다고 하자 노모는 또다시 고개를 끄덕였다.

"아! 그래서군요. 그래요, 당신이 맞아요. 그녀에게 돌아가야겠네요. 그러지 않으면 당신에게 뭐가 남겠어요?"

그 외의 시간에 랑베르는 장식 없는 초벽칠이 된 벽을 따라 거닐면서 칸막이에 못으로 박아 둔 부채들을 어루만지거나 탁자보에 달린 양모 술을 헤아렸다. 젊은이들은 저녁에 돌아왔다. 그들은 아직 때가 아니라고 말할 때 말고는 거의 말이 없었다. 저녁 식사 후에는 마르셀이 기타를 쳤고, 그들은 아니스 향의 술을 마셨다. 랑베르는 생각에 잠긴 표정이었다.

수요일 저녁에 돌아온 마르셀이 이렇게 통보했다.

"내일 저녁 자정이에요. 준비하세요."

그들과 함께 근무를 서던 두 사람 중 한 명이 페스트에 걸려서, 그와 한 방을 쓰던 다른 한 명이 격리 관찰을 받고 있었다. 그래서 이삼일 동안 초소에 마르셀과 루이만 있을 예정이었다. 그 밤에 자신들이 마지막 세부 사항들을 점검해둘 테니 이튿날 자신들을 믿고 실행하자는 것이다. 랑베르가 고맙다고 말했다.

"기뻐요?"

노모가 물었다. 랑베르는 그렇다고 대답했으나 다른 것을 생각하고 있었다.

그다음 날, 무거운 하늘 아래 축축하고 숨이 막힐 듯이 더웠다. 사망자 수가 치솟았다. 하지만 스페인 노모는 평온했다.

"세상이 죄를 지은 거예요. 그러니 어쩌겠어요!"

마르셀과 루이처럼 랑베르도 웃통을 벗고 있었다. 하지만 어떻게 해도 어깨 사이와 가슴팍 위로 땀이 흘러내렸다. 그래서 덧창을 닫아 반쯤 그늘진 집 안에서 갈색 상반신들이 번들거렸다. 랑베르는 말없이 방 안을 뱅뱅 돌았다. 오후 4시, 그가 갑자기 옷을 입더니 외출을 하겠다고 말했다. 마르셀이 말했다.

"잊지 마세요. 자정이니까. 다 준비됐어요."

랑베르는 의사의 집으로 갔다. 리외의 어머니가 아들이 윗동네 병원에 있을 거라고 말했다. 정문 앞에는 여전히 같은 군중이 제자리를 돌고 있었다. "저리들 가요!" 눈이 튀어나온 한 하사가 말했다. 군중은 움직였으나 계속 제자리를 맴돌았다. "여기서 이래 봐야 소용

없다니까요." 하사의 코트가 땀에 흠뻑 젖어 있었다. 그
들도 소용없는 줄 알고 있었다. 그래도 그냥 머무르며
살인적인 더위를 견뎠다. 랑베르가 하사에게 통행증을
내보이자 하사가 타루의 사무실을 가리켰다. 마당 쪽
에 사무실 입구가 있었다. 그는 사무실에서 나오던 파
늘루 신부와 스쳤다.

타루는 검은색 나무 책상 뒤에 앉아서 소매를 걷고
팔오금에서 흘러내리는 땀을 손수건으로 닦아 내고 있
었다. 사무실은 작고 하얬으며 약품과 축축한 이불 냄
새가 났다. 그가 랑베르를 보고 말했다.

"아직 있었네요?"

"네, 리외 씨와 할 얘기가 좀 있어서요."

"병실에 있어요. 그런데 리외 씨 없이도 해결되는 일
이면 좋겠군요."

"왜요?"

"너무 혹사당하고 있어요. 되도록 그의 일을 덜어
주는 게 내 일이죠."

랑베르는 타루를 지그시 바라보았다. 많이 야위었다.
피로로 눈이 충혈되고 표정은 흐트러졌다. 넓은 어깨
도 오그라들어 있었다. 노크 소리가 나더니, 흰 마스크

를 쓴 남자 간호사가 들어왔다. 그가 타루의 책상 위에 한 묶음의 목록을 놓고는 마스크 천에 눌린 목소리로 "여섯입니다"라고 말해 주고 나갔다. 타루가 신문기자를 보고는 목록을 부채처럼 펴서 보여 줬다.

"종이는 멋있죠, 그렇죠? 근데, 죽음들이에요. 지난밤의 사망자들."

그가 이마를 찌푸리며 목록 묶음을 접었다.

"우리가 할 수 있는 일은 통계 작성밖에 안 남았어요."

타루가 탁자를 짚고 일어섰다.

"곧 떠날 건가요?"

"오늘 밤 자정에요."

타루는 랑베르에게 축하한다고, 몸조심하라고 말했다.

"진심이세요?"

타루가 어깨를 으쓱했다.

"내 나이가 되면 솔직해질 수밖에 없어요. 거짓말하는 게 너무 피곤하거든요."

"타루 씨, 죄송한데 의사 선생님을 꼭 만나고 싶어요."

"압니다. 그가 나보다 인간적이죠. 갑시다."

"그런 건 아닙니다."

랑베르는 어렵사리 더듬거리며 말하다가 말문이 막

했다.

타루가 그를 물끄러미 보다가, 돌연 활짝 미소를 지었다.

그들은 좁은 복도를 걸어갔다. 벽이 밝은 초록색이어서, 마치 수족관 속을 걷는 듯 빛이 청록색으로 어른거렸다. 복도 끝에 이중 유리문이 있고 그 뒤로 움직이는 형체들이 보이는데, 타루가 그 바로 앞에 있는 방으로 랑베르를 데려갔다. 온통 벽장으로 둘러싸인 아주 작은 방이었다. 그가 벽장 하나를 열어 소독기에서 수성 붕대로 된 마스크를 두 개 꺼내 랑베르에게 하나를 내밀며 쓰라고 했다. 신문기자가 그게 진짜 효과가 있느냐고 묻자, 타루는 효과는 없지만 남들에게 신뢰감을 준다고 답했다.

그들은 유리문을 밀었다. 커다란 방이었는데, 이런 계절에도 불구하고 창문은 밀봉되어 있었다. 천장 가까이 달린 환풍기들이 윙윙 돌아가며 두 줄로 놓인 회색 침대들 위의 걸쭉하게 데워진 공기를 휘젓고 있었다. 여기저기에서 높고 낮은 날카로운 신음 소리들이 들려 왔는데, 전체적으로 단조로운 탄식으로 들렸다. 흰 옷을 입은 남자들이 철책이 달린 높은 유리창으로 쏟아져 들어오는 잔인한 햇살 속에서 느리게 움직이고 있었다. 랑베르는 이 방의 끔찍한 더위 속에서 거북함을 느꼈고, 신음하는 한 형체 위로 몸을 수그리고 있는 리외를 겨우 알아보았다. 의사는 침대 양쪽에서 두 간호사가 활짝 벌려 붙잡고 있던 환자의 서혜부를 째고 있었다. 집도를 마친 후 몸을 일으켜 수술 도구를 조수가 내민 쟁반에 떨어뜨리더니 잠시 우두커니 서서 붕대를 감고 있는 그 남자를 물끄러미 보았다.

타루가 다가가자 리외가 물었다.

"새로운 소식이 있나요?"

"파늘루 신부가 랑베르 대신 예방 격리소를 맡겠다고 했어요. 그는 벌써 일을 많이 했죠. 이제 남은 일은 3팀을 재정비하는 거예요. 이제 랑베르가 가니까요."

리외가 고개를 끄덕였다. 타루가 계속 말을 이었다.

"카스텔 선생님이 첫 혈청 제조를 마쳤답니다. 당장 시험해 보자더군요."

"아! 잘됐네요."

"그리고 랑베르 씨가 여기 와 있어요."

리외가 몸을 돌렸다. 신문기자를 보자 마스크 위로 보이는 눈이 찌푸려졌다.

"여기서 뭐 해요? 지금 다른 곳에 있어야 하잖아요."

타루가 오늘 밤 자정이라고 말하자, 랑베르가 덧붙였다.

"그렇죠, 원래는."

다들 말할 때 붕대 마스크가 불룩해지고 입 있는 부분이 축축해졌다. 그래서 그들의 대화는 약간 비현실적으로 들렸다. 조각상들끼리 대화하는 듯했다. 랑베르가 계속 말했다.

"드릴 말씀이 있어서요."

"좋아요. 곧 갈 테니, 타루의 사무실에서 기다려요."

잠시 후, 랑베르와 리외는 의사의 자동차 뒷좌석에 자리를 잡았다. 타루가 운전을 했다. 그가 시동을 걸며 말했다.

"휘발유가 동이 났어요. 내일부터는 걸어 다녀야 해요."

"선생님, 떠나지 않을 겁니다. 여러분과 함께 남겠어요."

랑베르가 불쑥 말했다. 타루는 미동도 없이 계속 운전을 했다. 리외는 피로를 떨쳐 낼 기력도 없는 듯했다.

"그러면 부인은요?"

리외가 가라앉은 목소리로 물었다.

랑베르는 아무리 진지하게 생각해 봐도 떠나는 게 맞지만, 이런 식으로 떠난다면 자기 자신에게 부끄러울 것 같다고 말했다. 사랑하는 아내를 만나서도 거북할 것 같다고 했다. 리외가 정색하며 몸을 곧추세우고 앉더니, 정말 말도 안 되는 소리다, 행복을 우선시하는 것은 절대로 부끄러운 일이 아니다, 하고 말했다. 랑베르가 대답했다.

"압니다. 하지만 혼자만 행복하다는 게 부끄러울 겁니다."

입을 꾹 다물고 있던 타루가 계속 정면을 응시한 채로, 만일 랑베르가 남들의 불행을 공유하고자 한다면 행복을 위한 시간은 더 이상 없을지 모른다고 지적했다. 선택을 해야 하는 문제였다.

"그런 게 아닙니다. 지금까지는 줄곧 내가 이 도시의 이방인이고, 여러분과 아무 상관 없다고 생각했어요. 하지만 볼 거 다 보고 난 지금, 내가 원했든 아니든 나는 이곳 사람이 되었습니다. 이 일은 우리 모두의 일인 거죠."

아무도 답을 하지 않자 랑베르는 초조해했다.

"여러분도 잘 알고 있는 사실이잖아요! 아니, 그렇지 않다면 대체 두 분은 이 병원에서 뭘 하고 있는 거죠? 행복을 단념하는 것을 선택하기라도 했다는 겁니까?"

타루도 리외도 여전히 답을 하지 않았다. 의사의 집에 가까워질 때까지 침묵이 이어졌다. 랑베르가 더 힘을 주어 마지막 질문을 반복했다. 그러자 리외가 쿠션을 짚고 애써 몸을 일으켜서 그를 보았다.

"미안하지만, 랑베르 씨, 글쎄요, 난 모르겠어요. 하지만 원한다면 우리하고 남아 있어요."

자동차가 한 번 흔들려서 그가 입을 다물었다. 그러고 나서 앞을 보면서 말을 이었다.

"사랑하는 것에 등을 돌려도 될 만큼 가치 있는 건 이 세상에 없어요. 하지만 나도 그러고 있죠. 도무지 이유는 모르겠지만."

그가 몸을 다시 등받이에 기대고 녹초가 된 어조로 말했다.

"그냥 그렇게 된 것일뿐, 달리 뭘 어쩌겠어요. 그러니 사실은 사실대로 인정하면서 결과를 끌어내 봅시다."

"무슨 결과를요?"

"아! 치료와 동시에 결과를 알 수는 없습니다. 그러니 가능한 한 빨리 치료부터 합시다. 이게 급선무예요."

자정에 타루와 리외는 랑베르에게 그가 조사를 맡을 지역의 약도를 그려 주고 있었다. 타루가 흘끔 시계를 보고 고개를 들다가 랑베르의 시선과 마주쳤다.

"안 간다고 알려 줬어요?"

신문기자는 시선을 피하며 힘주어 말했다.

"한마디 적어 보냈어요. 두 분을 만나러 오기 전에요."

***

10월 말에 카스텔의 혈청 실험이 시작되었다. 현실적으로 이것이 리외의 마지막 희망이었다. 이게 실패하면, 전염병이 기약 없이 기승을 부리든 어느 날 느닷없이 멈추든, 오롯이 페스트의 변덕에 도시 전체가 내맡겨진다고 리외는 확신했다.

카스텔이 리외를 방문하기 전날, 오통 씨의 아들이 발병해서 온 가족이 예방격리소로 들어가야 했다. 얼마 전에 격리소에서 나온 아이 엄마는 두 번째로 격리

되는 상황이었다. 공식 규정을 준수하던 판사는 아이의 몸에서 병의 증세를 보자마자 의사 리외에게 연락했다. 리외가 도착했을 때 부모는 아이의 침대 발치에서 있었다. 어린 딸은 멀리 떨어져 있었다. 아이는 탈진 단계여서 보채지 않고 검사를 받았다. 눈을 들었을 때 리외는 판사의 시선과 그 뒤 어머니의 창백한 얼굴을 보았다. 그녀는 손수건을 입에 대고 눈이 휘둥그레져서 의사의 동작을 하나하나 주시하고 있었다.

"그거군요, 그렇죠?"

판사가 나지막하게 말했다.

"예."

리외가 다시 아이를 내려다보면서 대답했다.

어머니는 두 눈이 더 커졌지만 여전히 말은 없었다. 오통 씨도 한동안 침묵하다가 더 나지막한 소리로 이렇게 말했다.

"그럼, 의사 선생, 우리는 지침대로 해야겠군요."

리외는 아이 엄마를 외면하려고 애썼다. 그녀는 여전히 손수건을 입에 대고 있었다. 그가 주저하면서 말했다.

"오래 안 걸립니다. 제가 전화를 걸 수 있다면요."

오통 씨가 그를 안내하겠다고 말했다. 하지만 가기 전에 리외가 부인 쪽을 돌아보며 말했다.

"무척 유감입니다. 부인께서도 필요한 것들을 챙겨 두셔야 할 겁니다. 이게 뭔지 아시잖아요."

오통 부인은 신경이 마비된 양 꼼짝 않고 땅을 노려보았다. 그러더니 천천히 고개를 끄덕이며 중얼거렸다.

"알죠. 네. 곧 할게요."

헤어지기 전에 리외는 충동적으로, 혹시 자신이 해 줬으면 하는 게 있는지 물었다. 부인은 말없이 그를 응시했다. 이번에는 판사가 외면했다.

"없습니다. 하지만 제 자식 좀 살려 주십시오."

그는 이렇게 말하고 나서 마른침을 삼켰다.

초기에는 예방 격리래야 그저 형식적이었는데, 지금은 리외와 랑베르가 만든 아주 엄격한 절차를 따랐다. 특히 그들이 주장한 건 가족 구성원 전체의 격리였다. 모르는 사이에 가족 구성원 중 한 명이 감염되었을지 도 모르니, 다른 구성원의 발병 가능성을 증폭시켜서 는 안 되었다. 리외가 그렇게 설명하자 판사는 절차에 동의 의사를 표했다. 하지만 그와 부인이 주고받는 시 선에서 그들에게 닥친 이 이별이 얼마나 쓰라린 것인지 느껴졌다. 오통 부인과 어린 딸은 랑베르가 관리하는 예방 격리 호텔로 갈 수 있었다. 하지만 예심판사에게는 도청이 도로관리과에서 빌린 천막을 쳐서 시립운동장에 마련 중이던 격리 수용소 외에는 자리가 없었다. 리외가 이 점을 사과하자, 오통 씨는 규칙은 모두에게 똑같으니 따르는 것이 옳다고 말했다.

아이는 교실이던 곳에 열 개의 침대를 놓은 보조 병원으로 이송되었다. 스무 시간 정도가 지나자 리외는 아이의 증세가 아주 절망적이라고 판단했다. 병균이 저항 한 번 못하는 그 작은 몸을 집어삼키고 있었다. 절반쯤 형성되었지만 예리한 통증을 동반하는 림프샘의 멍울이 가냘픈 사지의 마디를 꼼짝 못하게 했다. 아이는 일찌감치 패배 상태였다. 정확히 이런 상태여서 리외는 카스텔의 혈청을 이 소년에게 시험해 보기로 한 것이었다. 그날 저녁, 저녁 식사 후에 접종을 실시했다. 오래 걸리는 과정이었는데, 아이에게서는 미세한 반응조차 얻지 못했다. 그다음 날 새벽, 모두가 그 결정적 실험을 평가하기 위해 아이 곁에 모였다.

아이는 마비 상태에서 벗어나 이불 속에서 경련하듯이 몸을 뒤틀고 있었다. 리외, 카스텔, 타루는 새벽 4

시부터 소년의 곁을 지키면서 병세의 진전이나 후퇴를 꼼꼼히 지켜보았다. 타루는 침대 머리맡에 큰 덩치를 약간 구부정하게 하고 있었다. 카스텔은 침대 발치에 서 있는 리외의 곁에 앉아 모든 면에서 침착한 모습으로 낡은 책을 읽고 있었다. 점차 해가 옛 교실 안에 넓게 퍼져 가자 다른 사람들이 한 명씩 도착했다. 먼저 파늘루 신부가 와서 침대 다른 쪽에 타루와 마주해 자리를 잡고 벽에 등을 기댔다. 표정에 슬픔이 드러났는데, 몸을 바쳐 일해 온 이 며칠 동안의 피로가 상기된 이마에 주름을 새겨 놓은 상태였다. 7시에 조제프 그랑이 도착했다. 시청 서기는 미안해 하며 가쁜 숨을 내쉬었다. 그는 잠시밖에 머물 수 없었지만, 그래도 확실한 결과가 나왔는지 알고 싶어 했다. 리외가 말없이 아이를 가리켰다. 아이는 일그러진 얼굴로 눈을 감은 채 있는 힘껏 이를 악물었고, 몸은 고정한 채 베갯잇도 씌우지 않은 베개 위에서 머리를 좌우로 반복해서 흔들었다. 날이 충분히 밝아져서 방 안 깊숙이 걸린 칠판에서 예전에 쓴 방정식의 흔적을 분간할 수 있을 정도가 되었을 때 랑베르가 도착했다. 그는 옆 침대의 발치에 기대서서 담뱃갑을 꺼냈다가, 아이를 한 번 쳐다본 후 다시 호주머니 속에 넣었다.

계속 앉아 있던 카스텔이 안경 위로 리외를 보았다.

"아이 아버지 소식은 있나?"

"아닙니다. 격리 수용소에 있거든요."

리외는 아이가 신음하고 있는 침대의 가로대를 힘껏 움켜쥐고, 어린 환자에게서 눈을 떼지 않았다. 갑자기 아이의 몸이 뻣뻣해지더니, 다시 이를 악물고 허리를 약간 굽히며 팔다리를 서서히 벌렸다. 군용 이불 아래의 벌거벗은 작은 몸에서 젖은 천과 시큼한 땀 냄새가 올라왔다. 아이는 조금씩 몸이 늘어지더니 팔다리를 침대 가운데로 모았다. 여전히 눈도 못 뜨고 말도 못하면서 숨이 더 가빠지는 듯했다. 리외가 타루와 눈이 마주쳤다. 타루는 시선을 떨궜다.

그들에게 아이가 죽는 모습이 낯설지는 않았다. 요 몇 달 동안 죽음은 사람을 가리지 않았으니까. 하지만 그날 아침처럼, 아이의 고통을 시시각각 관찰해 본 적은 없었다. 물론 그들은 죄 없는 아이들에게 가해진 고통을 정말로 용납될 수 없는 추한 현실로 보았다. 하지만 그때까지는 어찌 보면 추상적으로 울분을 느껴 왔을 뿐이다. 죄 없는 한 아이가 겪는 극한의 고통을 이처럼 오래 정면으로 바라본 적이 없었기 때문이다.

바로 그때 아이가 갑자기 위를 깨물린 듯 꿈틀하더니, 가냘픈 신음을 하며 다시 몸을 구부렸다. 몇 초 동안 몸을 구부린 채로 마치 연약한 뼈대가 페스트의 광풍 아래 꺾이고 반복되는 신열의 입김에 깨지는 듯이 아이의 몸은 경련과 오한으로 뒤흔들렸다. 돌풍이 지나가자 아이의 몸이 축 처졌는데, 신열이 물러서며 헐떡거리는 아이를 휴식이 이미 죽음을 닮은 곳, 즉 습하고 독이 서린 모래사장 위에 내버리는 것 같았다. 타오르는 파동이 세 번째로 아이를 공격해 약간 들어 올렸을 때, 아이는 몸을 다시 바싹 오그리며 그를 태우던 불꽃이 무서워 침대 깊숙한 곳으로 물러났다가 담요를 젖혀 버리면서 미친 듯이 머리를 내저었다. 벌겋게 된 눈꺼풀 아래에서 굵은 눈물이 솟아 납빛 얼굴 위로 흐르기 시작했고, 발작이 끝나갈 무렵 탈진한 아이는 48시간 만에 살이 녹아 버려 뼈만 앙상해진 팔다리를 오그라뜨리며 헝클어진 침대 속에서 십자가에 못 박힌 듯한 기이한 자세를 취했다.

타루가 몸을 굽혀 육중한 손으로 눈물과 땀으로 흠뻑 젖은 조그만 얼굴을 닦아 주었다. 얼마 전부터 카스텔은 책을 덮고 환자를 바라보고 있었다. 뭔가를 말하려다가, 갑자기 음성이 갈라져 기침을 하고서 말을 이었다.

"아침에 증상 완화 현상은 없었지, 안 그런가, 리외?"

리외가 증상 완화는 안 보였고, 아이가 보통 때보다 더 오래 버티고 있다고 말했다. 벽에 쓰러질 듯이 기대어 있던 파늘루 신부가 나지막하게 말했다.

"그러니까, 이 아이가 죽을 거라면, 더 오래 고통을 겪는 셈이군요."

리외가 돌연 그에게로 몸을 돌려 뭔가 말하려고 입을 벌렸다가, 자기를 억제하려고 눈에 띄게 애를 써서 다시 아이에게로 시선을 돌렸다.

병실이 햇빛으로 더 환해졌다. 다른 다섯 개 병상의 주인들이 몸을 뒤척이며 신음했는데, 서로 합의라도 한 듯이 하나같이 나직한 소리였다. 저 끝의 한 환자만 일정한 간격으로 비명을 질렀는데, 고통보다는 차라리 놀라움을 표하는 작은 탄성 같았다. 사실 환자들에게 조차 발병 초기의 공포는 지나간 것 같았다. 현재 그들이 병을 대하는 태도에는 일종의 애절한 체념이 보였다. 오직 이 아이만이 온 힘을 다해서 발버둥 치며 싸우고 있었다. 리외는 때때로 아이의 맥을 짚었는데, 필요해서라기보다는 아무것도 못하고 있는 무력한 기분에서 벗어나고 싶어서였다. 눈을 감으면 어린아이의 맥이 자신의 피의 맥박과 뒤섞이는 것이 느껴졌다. 이때 그는 고통받는 아이와 하나가 되어 아직 성한 자신의 모든 힘으로 이 아이를 받쳐 주려고 했다. 하지만 1분쯤 지나면 둘의 심장 박동이 엇갈리며 아이가 그에게서 빠져나갔고, 그는 또다시 무력감을 느꼈다. 그는 그 가느다란 손목을 놓고 제자리로 돌아왔다.

석회로 바른 벽이 햇빛에 장밋빛에서 노란빛으로 바뀌고 있었다. 창문 너머에서 더운 아침이 타닥거리기 시작했다. 그들은 그랑이 떠나면서 다시 오겠다고 한 말소리도 흘려들었다. 모두 기다리고 있었다. 아이는 여전히 눈을 감은 채 조금 진정된 것 같았다. 짐승의 발톱처럼 세운 손가락들이 침대 가를 힘없이 긁적대고 있었다. 그 손을 위로 올려 무릎 근처의 이불을 긁다가, 갑자기 두 무릎을 접어 허벅지를 배 근처로 당기고 움직이지 않았다. 그때 아이가 처음으로 눈을 뜨고 자기 바로 앞에 서 있는 리외의 눈을 보았다. 잿빛 찰흙 가면처럼 굳은 그 작은 얼굴에서 서서히 입술이 벌어지더니 긴 비명이 흘러나왔다. 호흡에도 거의 변화가 없이, 단조로운 불협화음으로 내뱉는 사나운 분노의 항의가 병실을 가득 채웠다. 그렇게 작은 아이가 내는 것이라 기보다 마치 전 인류로부터 솟구쳐 나오는 항변 같았 다. 리외는 이를 악물었고, 타루는 얼굴을 돌렸다. 랑베 르는 카스텔 곁의 침대로 다가갔고, 카스텔은 무릎 위 에 펼쳐져 있던 책을 덮었다. 파늘루 신부는 병의 고통 에 더럽혀지고 모든 세대의 비명으로 가득 찬 그 앳된 입을 바라보았다. 그가 무릎을 꿇고서 약간 목멘 음성 으로, 그러나 멈추지 않는 그 이름 모를 신음 속에서도 또렷이 들리게 이렇게 말한 것도 당연했다.

"주여, 이 아이를 구해 주소서."

하지만 아이는 계속 비명을 질렀고, 주위의 환자들 이 동요하기 시작했다. 방 저쪽 끝에서 줄곧 탄성을 발 하던 환자의 탄식 속도가 더 빨라지더니 마침내 진짜 비명으로 바뀌었고, 다른 환자들의 신음도 점점 커졌 다. 방 안에 오열의 물결이 일어나 파늘루의 기도를 뒤 덮었다. 리외는 침대의 가로대를 움켜쥐고 피로와 혐 오에 치여 두 눈을 감아 버렸다.

다시 눈을 뜨자 타루가 옆에 와 있었다. 리외가 말

했다.

"난 가야겠어요. 저 소리를 더 이상 못 견디겠어요."

그런데 갑자기 다른 환자들이 입을 다물었다. 의사는 그때 아이의 비명이 점점 약해지다가 방금 뚝 멎었다는 것을 깨달았다. 주위에서 탄식들이 재차 이어졌지만, 그 소리는 아주 낮아 막 끝난 싸움의 머나먼 메아리 같았다. 그도 그럴 것이 이 싸움은 실제로 끝났기 때문이다. 카스텔이 침대의 다른 쪽으로 가며 다 끝났다고 말했다. 입은 벌리고 있지만 말을 못하는 아이는 헝클어진 이부자리에 파묻혀 누워 있었는데, 갑자기 더 작아져 있었고 얼굴에는 눈물 자국이 가득했다.

신부가 침대로 다가가 성체 강복식의 동작을 했다. 그러고는 사제복을 다시 여미고 중앙 통로를 통해 밖으로 나갔다.

"전부 다시 시작해야 하나요?"

타루가 카스텔에게 물었다.

노의사는 고개를 끄덕이며 쓸쓸한 미소를 지었다.

"아마도. 아이가 오래 버티긴 했는데."

리외는 벌써 방에서 나가고 있었다. 너무 서두르는 걸음걸이에 표정이 심상치 않아서, 파늘루 신부는 복도에서 자신을 스쳐 지나가려는 의사의 팔을 붙잡았다.

"저기, 의사 선생."

리외가 거칠게 홱 몸을 돌리더니 이렇게 내뱉었다.

"아! 적어도 저 아이는 아무 죄가 없었어요. 물론 잘 알고 계시겠죠!"

그가 파늘루를 지나쳐서 학교 운동장을 성큼성큼 가로질러갔다. 교정 한구석에 먼지가 내려앉은 나무들 사이의 벤치에 앉아서, 이미 눈 속까지 흘러내린 땀을 닦아 냈다. 심장을 조르는 격렬한 매듭을 풀기 위해 시원하게 욕설이든 뭐든 내지르고 싶었다. 무화과나무 가지들 사이로 더위가 서서히 내려앉고 있었다. 아침나절에 푸르던 하늘에 희멀건 안개가 끼어서 대기가 더 숨 막혔다. 리외는 벤치에 몸을 늘어뜨리다. 나뭇가지와 하늘을 바라보며 서서히 호흡을 가다듬고 조금씩 피로를 삭이고 있었다. 뒤에서 한 음성이 들렸다.

"왜 내게 그렇게 화를 내십니까? 저도 그 광경은 견딜 수 없었습니다."

리외가 파늘루를 돌아보았다.

"맞습니다. 용서하세요. 피곤해서 정신을 잃은 겁니

다. 그리고 이 도시에서는 내가 반항심 외에는 아무것
도 느낄 수 없는 때가 있습니다."

파늘루가 차분하게 대꾸했다.

"이해합니다. 그런 일에는 정말 반항심이 입니다. 인
간의 능력을 벗어나니까요. 하지만 어쩌면 우리는 이
해할 수 없는 것을 사랑해야만 합니다."

리외가 벌떡 몸을 일으켰다. 그리고 자신이 쥐어짤
수 있는 모든 힘과 열정을 모아 파늘루를 바라보다가
고개를 흔들었다.

"아니요, 신부님. 나는 사랑을 매우 다른 것으로 생
각합니다. 그리고 아이들이 고문당하도록 창조된 세상
을 사랑하는 건 죽어도 거부하겠습니다."

파늘루의 얼굴에 격동의 그림자가 스쳤다.

"아, 의사 선생님, 은총이 무엇인가를 나는 방금 깨
달았습니다."

신부가 서글프게 내뱉었다.

하지만 리외는 다시 벤치에 몸을 늘어뜨렸다. 다시
밀려온 피로 때문에 말투가 부드러워졌다.

"그것이 내게는 없네요. 알고는 있는데. 하지만 그
런 문제를 신부님과 따지고 싶지는 않네요. 우리는 신

성모독이나 기도를 초월해서 우리를 한데 뭉치게 하는 뭔가를 위해 함께 일하고 있어요. 중요한 건 그것뿐이에요."

파늘루가 리외의 곁에 앉았다. 그는 감동한 모습이었다.

"그래요, 맞습니다. 당신 역시 인간의 구원을 위해 일하고 있습니다."

리외는 미소를 지으려 애썼다.

"인간의 구원이라니 너무 거창한 말입니다. 그렇게까지 고상한 목표는 없어요. 내 관심은 인간의 건강이에요. 건강이 최우선입니다."

파늘루가 머뭇거렸다.

"의사 선생님······."

하지만 말을 멈췄다. 그의 이마에도 땀이 흐르기 시작했다.

"또 뵙죠."

그가 이렇게 웅얼거리며 일어섰다. 그의 눈가가 젖어 있었다. 그가 막 떠나려 할 때, 생각에 잠겨 있던 리외 역시 일어나 그에게로 한 걸음 다가갔다.

"다시 사과드립니다. 그렇게 화내는 일은 다시는 없

을 겁니다."

파늘루는 손을 내밀고 서글프게 말했다.

"하지만 나는 당신을 납득시키지는 못했습니다!"

"그게 뭐 어떻습니까? 내가 미워하는 게 죽음과 악이라는 건 잘 아시잖아요. 그리고 원하시든 그렇지 않든, 우리는 동맹입니다. 함께 그것들을 겪고 함께 싸우고 있죠."

리외는 여전히 파늘루의 손을 잡은 채로 말을 이었다.

"아시죠. 이제 하느님도 우리를 갈라놓을 수 없습니다."

하지만 그는 파늘루의 시선은 피했다.

***

보건위생대에 들어간 후로 파늘루는 병원과 페스트가 스쳐간 장소를 떠난 적이 없었다. 그는 동료들 사이에서 마땅히 자신이 있어야 한다고 생각한 자리, 즉 가장 선두에 섰다. 그때부터 줄곧 그는 죽음의 광경들을 빠짐없이 보았다. 이론적으로야 주기적으로 혈청을 맞으니까 면역이 된다지만, 죽음이 언제든 자신도 덮칠 수 있음을 잘 알고 있었다. 그는 겉으로는 항상 침착함을 유지했다. 하지만 소년이 죽어 가는 모습을 지켜본 그날, 그의 내면에서 뭔가가 변한 것 같았다. 그리고 얼굴에 긴장하는 기색이 점점 드러났다. 그가 리외에게 웃으며 자신이 지금 '사제가 의사의 진찰을 받는 게 정당한가?'라는 주제로 짧은 논문을 준비하고 있다고 말한 날, 의사는 파늘루의 말 속에 훨씬 더 심각한 무언가가 있다는 인상을 받았다. 의사가 논문을 보고 싶다며 크게 관심을 표하자, 파늘루는 곧 남자들을 위한 미사에서 강론을 할 건데 그때 몇 가지 견해를 포함시킬 생각이라고 말했다.

"의사 선생님도 오셨으면 합니다. 당신에게 흥미로운 주제일 겁니다."

강한 바람이 불던 어느 날, 신부가 두 번째 강론을 했다. 청중석은 첫 번째 강론 때보다 한산했다. 이런 행사들에 우리 시민들을 끌어당기는 새로운 것이 더 이상 없었기 때문이다. 비정상적인 상황에 처해 있는 그들에게 '새로움'이라는 단어 자체가 의미를 잃었다. 게

다가 대부분의 사람들은, 종교적 의무를 완전히 저버리거나 아예 아주 부도덕한 삶으로 돌아선 건 아니었지만, 꾸준히 성당에 나가는 대신 다소 허황된 미신들에 빠져들었다. 그래서 그들은 미사에 참석하기보다는 수호용 목걸이나 성 로크의 부적을 지니는 데에 더 적극적이었다.

시민들이 온갖 종류의 예언에 열광한 모습이 단적으로 드러난 예가 있다. 실제로 봄에는 금방이라도 전염병이 끝날 것 같았기 때문에, 굳이 병이 언제까지 갈 것 같냐고 남에게 묻지 않았다. 모두가 곧 끝난다고 확신했다. 하지만 사태가 길어지자 이 불행이 어쩌면 영원히 끝나지 않을지도 모른다는 두려움이 커졌고, 페스트의 종식이 모두가 바라는 목표가 되었다. 그러자 점성가나 가톨릭교회 성인 들의 다양한 예언서가 이 손에서 저 손으로 돌아다녔다. 시의 인쇄업자들은 이런 열광적인 분위기가 큰돈이 되겠다는 것을 재빨리 간파하고 구전되는 이야기들을 묶어서 대량으로 발행했다. 대중의 호기심이 식을 줄 모르자, 시립 도서관 등에서 예언과 관련된 모든 야사들을 조사해서 시중에 퍼뜨렸다. 발굴한 야사들도 다 떨어지자 기자들에게 예언을 쓰라고 주문했는데, 기자들은 이런 일에서는 그들이 모방하려는 지난 시대의 인물들 못지않은 능력을 발휘했다.

심지어 어떤 예언적 기사들은 신문에 연재되었고, 건강하던 시대에 신문 지면을 뒤덮었던 스캔들만큼이나 게걸스레 읽혔다. 몇몇은 그해의 연도, 사망자의 수, 페스트가 발병한 개월 수를 합친 괴상한 계산에 근거를 두고 있었다. 역사상 대규모 페스트들과의 비교표를 작성해서 거기서 비슷한 점(예언들이 '불변의 사실'이라고 부른 것)을 추출한 다음, 앞의 것들에 버금가는 괴상한 계산법을 고안해서 현재의 시련과 관련된 교훈을 끌어내는 예언들도 있었다. 하지만 대중에게 가장 유행한 것은 두말할 나위 없이 묵시록적 언어로 일련의 사건들을 예고한 것들인데, 각 사건들은 당시 오랑 시민들이 겪고 있는 현상으로 볼 수도 있지만 복잡해서 온갖 해석에 다 맞아떨어지기도 했다. 그래서 매일 노스트라다무스와 성 오딜을 끌어댔고, 그러면 항상 통했다. 사실 모든 예언들은 공통적으로, 결국 마음을 안심시켜 주었다. 그러나 불행히도 페스트는 그렇지 않았다.

따라서 우리 시민들은 미신들로 종교를 대신하고 있었고, 바로 이런 이유로 파늘루 신부의 강론에 신도석이 4분의 3밖에 차지 않았다. 그날 저녁 리외가 도착했을 때, 입구의 여닫이문들을 통해 가는 줄기로 스며든 바람이 청중 사이를 유유히 휘젓고 다녔다. 리외는 싸늘하고 고요한 교회 안에서 남자만으로 구성된 청중 사이에 앉아서 신부가 설교대에 오르는 것을 보았다. 신부의 어조는 이전보다 더 부드럽고 더 신중했고, 수차례 모종의 망설임마저 감지되었다. 더욱 기이한 일은 그가 이제는 '여러분'이 아니라 '우리'라고 말하고 있었다는 것이다.

하지만 파늘루의 음성은 점차 단호해졌다. 페스트가 벌써 수개월째 우리 사이에 있음을 상기시키며 설교를 시작하더니, 페스트가 식탁이나 사랑하는 이의 침대 머리맡에 앉아 있고, 옆에서 함께 걷고, 일터에서 우리가 출근하기를 기다리고 있는 것을 목격해 왔다고 했다. 그래서 지금은 우리가 페스트를 훨씬 잘 알게 되었다고, 페스트가 줄곧 우리에게 말해 왔는데 우리가 처음에는 놀라서 잘 알아듣지 못했던 메시지를 지금은 훨씬 더 적절히 받아들일 수 있다고 했다. 파늘루 신부는 자신의 첫 번째 강론 내용은 여전히 유효하고 그게 자신의 신념이나, 어쩌면 우리 모두에게 닥칠 수 있는 데 (여기서 그가 가슴을 쳤다) 아무런 자비심 없이 말과 생각을 내뱉었다고 했다. 그러나 이것만은 부정할 수 없는 사실이니, 어떤 상황에서도 항상 배울 점이 있다는 것이었다. 가장 잔인한 시련조차 기독교도에게는 특별한 은총이었다. 당연히 기독교도는 이런 종류의 시련에서 자신의 은총을 찾아내야 하고, 그 은총이 어디 있고 어떻게 가장 잘 활용할 수 있는지 알아야 했다.

이때쯤 리외의 주위 사람들이 의자 팔걸이에 팔을 걸치며 편한 자세를 찾아 몸을 뒤척였다. 가죽을 덧댄 출입문 하나가 부드럽게 덜거덕거렸다. 누군가 그것을 고정시키려고 일어섰다. 리외는 어수선한 분위기 때문에 파늘루가 다시 이어 가던 설교에 집중하지 못했다. 대강 요약하자면, 우리는 페스트 때문에 생긴 현상들을 설명하려고 애쓰고 있는데, 사실은 페스트가 우리에게 주는 교훈을 얻어야 한다는 말이었다. 리외는 신부가 페스트는 설명할 필요가 전혀 없다고 생각한다고 막연히 이해했다.

신부가 더 단호한 어조로 세상에는 하느님에 비추

어 설명할 수 있는 것과 그렇지 않은 것이 있다고 말했을 때, 리외는 다시 흥미를 느껴서 설교에 집중했다. 세상에는 분명히 선과 악이 존재하는데, 대체로 그것은 구분하기가 쉽다. 문제는 악의 속성을 들여다볼 때, 그중에서도 인간의 고통이 포함되어 있는 악을 들여다볼 때 발생한다. 그러니까 필요악과 불필요한 악이 있는 것이다. 지옥에 빠진 돈 후안과 어린아이의 죽음처럼. 난봉꾼이 벼락을 맞는 것은 옳은 일이지만, 어린아이가 고통받는 것은 이해할 수 없기 때문이다. 정말이지 이 지구상에서 한 아이의 고통, 그 고통을 지켜볼 때 느끼는 공포, 이 모든 상황을 설명해 줄 이유를 찾아내는 것보다 더 중대한 것은 없다. 삶의 다른 측면들은 신이 우리에게 용이하게 해 주었기 때문에 딱히 종교의 필요성을 느끼지 않는다. 하지만 이 지점에서 신은 우리를 궁지로 몰아넣었다.

지금 우리는 페스트의 담벼락에 둘러싸였고, 이 담벼락의 치명적인 그림자에서 은총을 찾아내야 한다. 파늘루 신부는 그 벽을 간단히 뛰어넘게 해 줄 안이한 장치를 거부했다. 아이의 앞에 놓인 영원한 축복이 그 고통을 보상해 준다고 말하면 청중은 쉽게 안심했을 것이다. 그러나 그가 이 점에 대해 확신이 없는데 어떻게 안심시켜 줄 수 있겠는가? 대체 누가 영원한 행복이 한순간의 인간적 고통을 충분히 보상해 준다고 감히 단정할 수 있는가? 그런 사람은 진정한 기독교도가 아니다. 육신과 영혼의 모든 고통을 겪은 '주 예수 그리스도'를 섬기는 진정한 제자들이 아니다. 그렇다, 신부는 모든 인간적 고통의 상징, 십자가에서 사지가 찢기는 고통을 충실히 믿기에, 벽을 기대고 굳건히 서서 아이의 끔찍한 고통을 직시하겠다고 말했다. 그리고 오늘 자신의 설교를 듣는 이들에게 과감하게 이렇게 말하고 싶다고 했다.

"형제님들, 때가 왔습니다. 모든 것을 믿거나 모든 것을 부정해야 합니다. 여러분 중 대체 누가, 감히 모든 것을 부정할 수 있겠습니까?"

그 순간 신부가 이단에 가까워지고 있다는 생각이 리외의 마음에 스쳤지만, 상대는 이미 힘차게 설교를 이어가서 '이런 무조건적 요구가 곧 기독교도의 특권이자 미덕'이라고 단언했다. 신부는 자기가 말하고자 하는 기독교의 미덕이 지나치게 과격해 보이기 때문에, 더 관대하고 전통적인 도덕에 길들여진 많은 영혼들은 다소 충격적일 수 있다고 말했다. 하지만 페스트 시대의 종교는 여느 때의 종교일 수 없으니, 하느님은 행복한 시절에는 인간들이 영혼의 안식과 기쁨을 누리기를 염원하시지만, 극도의 재난 시기에는 영혼에 극한의 요구를 부과하신다고 했다. 오늘날 하느님이 그런 은총을 베풀어, 자신의 피조물들이 '전부 아니면 무'라는 가장 위대한 미덕을 되찾아 누리기를 바라고 계신다고 했다.

수세기 전에 한 세속의 작가가 교회의 비밀을 폭로하겠다면서 '연옥'은 없다고 선언했다. 그는 중도안이란 없고 오직 '천당'과 '지옥'만 있음을, 구원을 받거나 저주를 받거나 둘 중 하나뿐임을 암시한 것이다. 파늘루에 따르면, 이것은 눈멀고 방종한 마음에서만 생겨날 수 있는 이단이었다. 연옥은 존재하기 때문이다. 다만 연옥을 기대하면 안 되는 시대가 있으니, 죄의 경중을 따질 수 없기 때문이다. 모든 죄가 치명적인데, 무관심도 죄였다. 전부, 아니면 전무인 것이다.

파늘루가 말을 멈췄다. 문 아래로 성당 밖의 몇 배 더 심해지는 것 같은 바람의 탄식이 더 또렷이 들렸다. 신부는 바로 그때, 자신이 말하는 완전 수용이라는 미덕을, 사람의 언어에 실린 제한된 의미로 이해하면 안 된다고 말했다. 그것은 비천한 체념이 아니고, 그렇다고 고도의 겸손도 아니었다. 굴종이었고, 굴종하는 사람이 동의하는 굴종이었다. 어린아이가 고통받는 것은 정신적으로나 심적으로나 당연히 굴욕적이다. 하지만 정확히 이런 이유로 우리는 그 고통을 끌어안아야 했다. 파늘루는 지금 이 말을 꺼내기가 쉽지 않음을 청중에게 분명히 하고서, 신의 뜻이 그러하다면 그래야 한다고, 신이 바로 그 고통을 원하면 받아들여야만 한다고 말했다. 그래서 오직 기독교도만이 문제를 정확히 직시하고, 어떤 속임수도 없이 '근원적 선택'이라는 중대한 주제에 도달할 수 있는데, 그 선택은 모든 것을 믿는 쪽이라고 했다. 모든 것을 부정하는 지경에 이르지 않기 위해서 말이다. 림프샘의 명울이 인간의 몸이 감염을 물리치는 자연의 이치임을 알게 되자 교회에 와서 "하느님, 그에게 림프샘의 명울을 주세요"라고 기도하는 용감한 여인들처럼, 기독교도는 신의 의지에 오롯이 자신을 내맡길 줄 알아야 한다는 것이다. 비록 이해되지 않더라도 말이다. "이해는 하지만 받아들일 수는 없다"는 말은 틀렸다. 우리는 받아들일 수 없는 것들로 곧장 뛰어들어야 한다. 그래야만 비로소 선택할 수 있기 때문이다. 어린아이들의 고통은 우리의 쓰디 쓴 빵이나, 이 빵이 없이는 우리의 영혼이 굶주려 죽는다.

파늘루 신부가 잠시 숨을 고를 때마다 나던 가라앉은 소음이 귀에 들린다 싶었는데 갑자기, 그가 소리를 높여서 청중을 대신해 묻는다는 듯이 '그럼 어떻게 행동해야 올바르냐'고 소리쳤다. 그는 사람들이 틀림없이 자신의 말에 '숙명론'이라는 한심한 단어를 붙일 거라고 말하더니, 그 앞에 '능동적'이라는 형용사만 붙여준다면 자신도 수용하겠다고 했다. 말할 것도 없이 그가 이번에도 아비시니아 기독교도들을 흉내내서는 안된다고 강조했다. 기독교도 방역 반원들에게 자신들의 헌 옷을 던지며 신이 보낸 병에 대항하려는 불신자들에게 페스트를 주라고 큰 소리로 하늘에 기도했던 페르시아인들도 따라해서는 안 됐다. 그렇다고 도시 전역에 페스트가 돌 때 축축하고 따뜻한 입술에는 감염균이 잠복해 있을 수 있다며 성체를 집게로 집어서 영성체를 준 카이로의 수도승들처럼 해도 안 됐다. 페르시아의 페스트 환자들과 수도승들은 똑같이 죄를 지었

다. 전자는 어린아이의 고통을 헤아리지 않았고, 후자
는 반대로 고통을 피하려는 인간적인 두려움에만 사로
잡혔던 것이다. 둘 다 진짜 문제를 회피했다. 둘 다 신
의 목소리에 귀를 막았다.

파늘루는 다른 선례도 상기시켰다. 마르세유의 대
(大)페스트 창궐 당시의 연대기를 믿자면, 메르시 수도
원에서 81명의 수도사 중 4명만 살아남았다. 그리고
넷 가운데 셋이 도망쳤다. 기록자들은 이 사실들만 기
록하고 그쳤다. 하지만 이것을 읽을 때 파늘루 신부의
생각은 온통, 77명 동료들의 시신과 세 형제들의 도주
에도 불구하고 홀로 남아 있던 수도승에게로 향했다.
신부는 주먹으로 설교대의 가장자리를 내리치며 외
쳤다.

"형제님들, 남아 있는 사람이 되어야 하는 겁니다!"

물론 한 사회가 무질서한 재앙의 시기에 도입한 조
치나 현명한 규율을 거부하라는 말이 아니었다. 도덕
론자들의 말처럼 무조건 무릎을 꿇고 항복하라는 것도
아니었다. 아니, 우리는 어둠 속에서 더듬으며 조금씩
전진해서, 간혹 발부리가 걸려 넘어지더라도 선을 행
하려고 노력해야 한다. 하지만 그 밖의 것들에 대해서

는, 어린아이의 죽음에 대해서조차 개인적 구제를 모색하지 않고 가만히 하느님의 손에 내맡겨야 한다.

여기서 파늘루 신부는 페스트가 창궐하던 마르세유의 벨젱스 주교를 대표 사례로 언급했다. 전염병이 종식될 무렵, 이 주교는 해야 할 모든 일을 다 해 본 후에, 먹고 마실 것을 가지고 손수 쌓은 높은 담 안에 칩거했다. 그를 우상화했던 마르세유 주민들은 극한 시련의 시기에 종종 그러하듯 감정이 격변해서, 이제 주교에게 분개해서 그의 집 주변을 환자 시체들로 둘러서 감염시키려 했다. 더 확실하게 그를 파멸시키려고 시체들을 담 너머로 던져 넣기까지 했다. 마지막 순간에 마음이 약해져 세상에서 떨어지려 했더니, 머리 위로 시체들이 비처럼 떨어지게 되었다! 우리도 마찬가지로, 페스트의 시대에 도망갈 섬이란 없다고 다짐해야 한다. 그렇다, 중간은 없다. 딜레마를 인정하고서, 신을 증오할 것인지 아니면 신을 사랑할 것인지 택해야 한다. 그런데 누가 감히 신에 대한 증오를 택할 수 있겠는가?

파늘루의 설교는 결론으로 치닫고 있었다.

"형제님들, 하느님에 대한 사랑은 힘든 사랑입니다. 전적인 자기 포기, 자기 인격의 무시를 전제로 하니까요. 그래도 그 사랑만이 우리가 어린아이들의 고통과 죽음을 받아들이고 인정하게 해 줍니다. 안 그러면 도저히 이해할 수 없기 때문입니다. 오직 하느님의 의지를 우리의 것으로 받아들일 수밖에 없습니다. 바로 이 것이 제가 여러분과 나누고 싶은 힘든 교훈입니다. 인간의 눈에는 잔인하고 신의 눈에는 결정적인, 바로 이 신앙에 도달하려고 애써야 합니다. 우리는 우리 자신을 뛰어넘어 저 높고 경이로운 이상을 갈망해야 합니다. 그 꼭대기에서는 모두 다 한데 섞이고 동등해지며, 표면적으로 불의로 보이는 먹구름에서 진리의 번개가 칠 것입니다. 그래서 프랑스 남부의 많은 성당의 지하에 수세기 전부터 페스트로 쓰러진 자들이 잠들어 있으니, 지금 많은 사제들이 그들의 무덤 위에 서서 전하는 신의 메시지는, 어린아이들조차 보탠 죽음의 재로부터 솟아나오는 겁니다."

리외가 밖으로 나오려 하자 반쯤 열린 문 사이로 거센 바람이 들이쳐 신자들의 얼굴을 정면으로 덮쳤다. 비와 젖은 보도의 냄새가 바람에 실려 교회 안으로 들어와 신자들은 밖으로 나가기도 전에 거리의 모습을 짐작할 수 있었다. 리외보다 앞서 밖으로 나가던 한 늙은 신부와 젊은 부제가 모자를 붙잡느라 애를 먹고 있었다. 그렇지만 노신부가 쏟아내는 불평을 방해할 정도는 아니었다. 그는 파늘루의 웅변에는 경의를 표했지만, 파늘루가 보여 준 대담한 사유를 받아들이기는 주저했다. 자기 생각에 강론이 힘보다는 불안을 더 많이 보여 줬는데, 파늘루 정도 연배의 사제가 불안해하면 안 된다는 것이다. 젊은 부제는 바람을 피해 머리를 수그린 채, 자기는 파늘루 신부를 자주 뵈서 그의 변화를 잘 아는데, 그의 다음번 논문은 훨씬 더 대담해서 분명 교회의 '출판 허가'를 얻지 못할 것이라고 장담했다. 노신부가 물었다.

"그래, 그의 사상이라는 게 어떤 건가?"

그들이 성당 앞뜰에 다다르자 바람 소리가 커져서 나이 어린 사람이 말을 끊었다. 바람이 잦아들자 그는 이렇게만 말했다.

"신부가 의사의 진찰을 받는다면, 그건 모순이라는 겁니다."

타루는 리외가 파늘루의 강론 내용을 들려주자, 전쟁 때 두 눈이 파인 한 청년의 얼굴을 보고 신앙을 잃은 신부가 있었다고 말했다.

"파늘루가 옳아요. 죄 없는 사람이 두 눈을 파인 경우 기독교인이라면 신앙을 잃거나 눈이 파인 것을 받아들이거나 해야죠. 파늘루는 신앙을 잃고 싶지 않으니까 끝까지 갈 겁니다. 그는 그걸 말하고 싶었던 거예요."

이런 타루의 고찰이, 파늘루의 행동을 주위 사람들이 이해할 수 없던 와중에 발생한 불행한 사건을 조금이나마 해명해 줄지도 모르겠다. 각자 판단해 보길 바란다.

그 설교 후 며칠이 지난 다음 파늘루는 이사를 하느라 바빴다. 병의 확산으로 도심지 사람들의 이사가 빈번하던 시기였다. 타루가 호텔을 떠나 리외의 집에서 묵어야 했던 것과 마찬가지로, 신부 역시 교구에서 마련해 줬던 아파트를 떠나 아직 페스트에 감염되지 않은 독실한 노부인의 집으로 가야 했다. 신부는 이사를 하면서 몸도 마음도 예전에 비해 훨씬 큰 피로감을 느꼈다. 그래서 민박집 여주인의 존경을 잃었다. 어느 날 저녁 그녀가 성 오딜의 예언을 열렬히 칭찬하는데 그가 분명 피로한 탓에 조금 바쁜 기색을 보였기 때문이다. 노부인에게서 최소한 너그러운 중립적 태도라도 얻기 위해 곧바로 노력했지만 소용이 없었다. 노부인의 마음에는 그의 인상이 나쁘게 맺혀 버렸다. 해서 매일 저녁 그는 뜨개질한 레이스들로 가득한 방으로 돌아가기 전에, 그녀가 거실에 등을 돌리고 앉아서 어깨너머로 무뚝뚝하게 "안녕히 주무세요, 신부님" 하고 건네는 밤 인사를 받아야 했다. 그러던 어느 날 저녁 잠자리에 들 때, 그는 머리가 쑤시고 여러 날 전부터 있던 신열이 걷잡을 수 없이 손목과 관자놀이로 빠져나오는 느낌을 받았다.

그다음 일은 후일 여주인의 입을 통해 알려졌다. 아침에 그녀는 평소처럼 일찍 일어났다. 몇 시간이 지나도 신부가 방에서 나오지 않자, 놀란 그녀는 한참 망설인 끝에 방문을 두드리고 문을 열었다. 신부는 밤새 잠을 설치고 아직 자리에 누워 있었다. 호흡이 가빴고 평소보다 눈이 충혈되어 보였다. 그녀가 '공손하게'(그녀의 표현이다) 의사를 부르겠다고 했는데, 그가 '꽤나 무례하리만치' 매몰차게 거절하는 통에 방에서 물러 나오는 수밖에 없었다. 잠시 후 신부가 벨을 눌러 그녀에게 와 달라고 청했다. 그는 자신의 예의 없는 행동을 사과하더니, 다른 증세는 전혀 없으니 이게 페스트일 리는 없다고, 그저 일시적인 피로일 거라고 말했다. 노부인은 의젓하게 자기는 그런 불안감에서 제안한 게 아니고, 자신의 안전은 하느님의 손에 있으니 염려치 않지만, 자기 집에 머물고 있는 손님인 신부에게 책임감을 느껴서였다고 대답했다. 신부가 아무 대꾸도 하지 않자, 자기 의무를 다하고 싶어(그녀의 말을 믿자면) 여주인은 한 번 더 의사를 부르자고 제안했다. 신부는 딱 잘라 거절하더니 설명을 덧붙였는데, 노부인이 듣기에 터무니없을 정도는 아니지만 앞뒤가 안 맞는 말이었다. 그녀는 신부가 자신의 원칙과 어긋나기 때문에 거부하는 것으로 대강 이해했을 뿐이다. 그녀는 신열 때문에 세입자의 생각이 흐트러졌다고 결론짓고 그에게 차를 갖다 주는 데 만족했다.

그러한 상황에서 발생하는 의무를 아주 정확하게 완수하리라 결심한 그녀는 두 시간마다 규칙적으로 환자를 들여다보았다. 신부가 하루 종일 쉴 새 없이 뒤척이는 모습이 가장 눈에 띄었다. 그는 연신 이불을 젖혔다 끌어당겼다 했고, 계속 손을 땀으로 번들거리는 이마에 갖다 댔다. 가끔 몸을 일으켜 거칠고 축축하고 막힌 기침을 쥐어짜듯 뱉어내 보려고도 했다. 그를 숨 막히게 하는 듯한 솜 같은 덩어리를 목구멍 저 안쪽에서 뽑아낼 수 없는 것처럼 보였다. 이런 발작이 지나자, 그는 완전히 탈진한 모습으로 뒤로 나자빠졌다. 끝으로, 그는 다시 반쯤 일어나더니 잠시 동안 이전의 모든 흥분 상태보다 더 강하게 집중해서 정면을 바라보았다. 하지만 의사를 부르면 환자의 기분이 나빠질까 봐 노부인은 계속 망설였다. 아주 심해 보이지만 단순한 발열 증세일 수도 있는 것이다.

늦은 오후, 노부인은 신부에게 다시 말을 붙여 보였다. 하지만 그저 혼란스러운 말만 들었다. 다만 의사를 부르자고 거듭 제안했을 때는, 신부가 몸을 일으켜 반쯤 막힌 목소리지만 또박또박 '나는 의사를 원치 않는다'고 말했다. 그 순간 집주인은 이튿날 아침까지 기다려 봐도 신부의 상태에 차도가 없으면 랑스도크 통신사에서 라디오를 통해 하루에도 열 번씩 반복해서 읊어대는 번호로 전화를 걸리라 결심했다. 여전히 의무감에서, 그녀는 환자를 밤샘 간호하리라고 다짐했다. 하지만 그날 저녁 신부에게 막 끓인 차를 갖다 주고 나서 잠깐 눈만 감고 있다는 것이 그만, 이튿날 새벽에야 눈을 떴다. 그녀는 그의 방으로 달려갔다.

신부는 미동도 없이 누워 있었다. 전날 극도로 충혈되어 있던 얼굴에는 납빛 기운이 돌았는데, 얼굴의 윤곽이 날카로워져서 그 기운이 더 뚜렷하게 느껴졌다. 신부는 침대 위에 걸려 있는 여러 색의 작은 유리구슬들로 된 샹들리에를 응시하고 있었다. 노부인이 들어서자 그가 그녀 쪽으로 고개를 돌렸다. 밤새 병마와 싸워 모든 기력이 쇠한 모습이었다. 그녀는 그에게 몸이 좀 어떠냐고 물었다. 그는 비정상적으로 무심한 음성으로 '상태가 안 좋은데, 의사는 필요 없고 규정대로 나를 병원으로 옮겨 달라'고 말했다. 질겁한 노부인은 전화로 달려갔다.

리외가 정오에 도착했다. 여주인의 말에 그는 파늘루의 말대로 너무 늦은 것 같다고만 대답했다. 신부는 여전히 초연한 태도로 그를 맞았다. 의사는 그를 진찰해 보고, 목이 붓고 호흡이 힘든 것을 제외하고는 페페스트의 주요 증상이 하나도 없어서 놀랐다. 어쨌든 맥박이 너무 낮았고 전체적으로 몸 상태가 너무 위태로워 가망이 거의 없었다.

"그 병의 주요 증상은 하나도 없습니다. 하지만 사실대로 말하자면 석연치 않으니 격리를 해야만 합니다."

리외가 파늘루에게 말했다. 신부는 예의를 갖추려는 듯 이상하게 미소를 지었는데 말은 하지 않았다. 리외는 나가서 전화를 걸고 돌아왔다. 그가 신부를 쳐다보며 부드럽게 말했다.

"제가 곁에 있겠습니다."

상대방은 약간 생기가 되돌아온 듯한 눈빛으로 의사를 보았다. 그러고 나서 힘들게 한마디씩 끊어가며 말했는데, 슬픈 건지 아닌지 가늠할 수 없는 어투였다.

"감사합니다. 하지만 성직자에게 친구란 없습니다. 모든 것을 신께 맡겼죠."

그는 침대 머리맡에 걸려 있는 십자가를 달라고 부탁했고, 그것을 쥐자 고개를 돌려서 그것만 바라보았다.

파늘루는 병원에서도 이를 꽉 물고 입을 열지 않았다. 마치 한몸인 것처럼, 자기에게 행해지는 모든 치료의 와중에도 십자가를 손에서 놓지 않았다. 신부의 검사 결과는 여전히 애매했다. 리외의 머릿속에서 계속 의문이 일었다. 페스트이기도 했고 아니기도 했다. 얼마 전부터 페스트는 진단을 엇갈리게 하는 데 재미가 붙은 것 같았다. 하지만 파늘루의 사례에서는, 이후의 경과를 보건대 진단의 불확실성은 중요하지 않았다.

신열이 높아졌다. 기침이 거칠어져 온종일 환자를 고문했다. 마침내 그날 저녁, 신부는 호흡을 방해했던 솜 같은 덩어리를 토했다. 새빨간 색이었다. 신열이 들 끓는 와중에도 파늘루는 초연한 시선을 유지했다. 이 튼날 아침 침대 밖으로 몸을 반쯤 내놓고 죽은 채 발견되었을 때, 그의 시선에는 아무런 표정도 없었다. 그의 병상일지에는 이렇게 기록되었다.

「병명 미상.」

* * *

그해 위령의 날All Soul's Day은 예전과 매우 달랐다. 분명 날씨는 제철 날씨였다. 늦더위가 대번에 선선한 공기로 급변했다. 이제는 예년처럼 찬바람이 하루 종일 불었다. 큼직한 구름들이 이쪽 지평선에서 저쪽 지평선으로 달려가면서 집들에 그늘을 드리웠고, 그것들이 지나가면 11월의 쌀쌀한 금빛 햇빛이 내리쬐었다. 처음으로 우비가 등장했다. 유독 번들거리는 고무질의 천들이 눈에 많이 띄었다. 신문들이 2백 년 전 프랑스 남부를 휩쓸었던 대페스트 때 의사들이 감염으로부터 보호하기 위해 기름 먹인 천을 둘렀다는 기사를 내보냈기 때문이었다. 상점들은 그 틈을 타서 유행이 지난 재고품들을 방출했고, 구매자들은 덕택에 면역력이 생기기를 기대했다.

하지만 이런 모든 계절적인 징후도, 위령의 날에 공동묘지를 찾는 이가 없다는 사실을 감출 수는 없었다. 예년에는 텁텁한 국화꽃 냄새가 전차에 가득했고, 여자들이 친지들의 무덤에 헌화하려고 줄을 지어 갔다. 여러 달 동안 고립되어 망각 속에 지낸 고인들을 위로하려고 애쓰는 날이니 말이다. 하지만 이번 해에는 그 누구도 더 이상 죽은 사람들을 생각하고 싶어 하지 않았다. 그도 그럴 것이, 이미 죽은 자들을 지나칠 정도로 생각하고 있었다. 약간의 회한과 가득한 우수에 잠겨 고인을 찾는 것이 더 이상 중요한 일이 아니었다. 죽은 사람들은 더 이상 산 사람들이 일 년에 하루 변명을 하러 찾아가는 소외된 자들이 아니었다. 오히려 잊고 싶은 침입자들이었다. 정확히 이런 이유로 그해 '망자들의 축제'는 암묵적이고 의도적으로 기피되었다. 타루가 보기에 말투가 점점 야유조로 변해 가던 코타르에 의하면, 매일매일이 '망자들의 축제'였다.

실제로 페스트의 신명 난 불꽃이 더 크게 흥을 내며 화덕 속에서 여전히 타오르고 있었다. 사망자 수가 늘고 있지는 않았다. 하지만 페스트가 정점에 안착해서는, 착실한 공무원처럼 매일 규칙적으로 정확한 사망자 수를 달성하는 격이었다. 이론적으로는 좋은 징조였고, 전문가들의 견해도 같았다. 긴 상승 곡선 끝에 평평해진 그래프의 모양은 많은 이들을 안심시켰다. 예컨대 의사 리샤르는 두 손을 비비며 이렇게 말했다. "좋아, 오늘 그래프가 멋지군." 그는 스스로 마지막 계단이라 부르는 곳에 병이 도달했다고 평가했다. 이제부터 병은 감소할 수밖에 없을 것이다. 그는 이것을 카스텔이 제조한 새 혈청의 공으로 돌렸는데, 혈청은 실제로 얼마 전에 예상외로 몇 건의 성공을 거두었다. 노의사는 이를 부인하지는 않았지만, 전염병의 역사에서 예기치 못한 변화가 많았으므로 실상 아무것도 예단할 수 없다고 신중한 자세를 취했다. 도청은 오래전부터 민심을 진정시킬 뭔가를 주고자 원했지만 페스트 때문에 그러지 못하다가, 의사들을 모아서 혈청에 대해 발표해 달라고 부탁할 작정이었다. 그런데 불행히도 바로 그 무렵에 의사 리샤르가 페스트로 세상을 떠나는 일이 발생했다. 정확히 이 병이 마지막 계단에 있을 때였다.

분명 충격적인 일이었지만 그렇다고 뭔가를 증명하는 사례는 아니었음에도, 행정 당국은 초기에 낙관론을 환영했던 것만큼이나 경솔하게 비관론으로 돌아섰다. 카스텔은 최대한 정성을 다해 혈청을 준비하는 일에만 전념했다. 어쨌든 병원이나 검역소로 개조되지 않은 공공장소는 이제 한 곳도 없었고, 도청을 손대지 않은 채 그대로 둔 것은 분명 모일 장소를 한 군데는 남겨 둬야 했기 때문이었다. 하지만 전체적으로 보아 그 시기에는 페스트가 비교적 소강상태에 있었으므로 자원 보건위생대는 조금도 무력해지지 않았다. 의사들과 의료진은 탈진할 정도의 노력을 쏟고 있기는 했지만, 더 큰 노력을 생각해야 할 정도는 아니었다. 다만 그들은 규칙적으로 초인적이라고 할 수 있는 일을 소화해 내고 있었다. 이미 나타난 폐페스트 감염이, 마치 바람이 사람들의 가슴속에 불을 지핀 것처럼, 시의 여기저기서 확산일로에 있었다. 환자들은 객혈을 하다가 더 빨리 세상을 떠났다. 이 새로운 전염병의 형태는 더 치명적일 뿐만 아니라 전염성도 더 큰 듯했다. 사실 전문가들의 의견은 이 점에서 늘 갈렸다. 하지만 공공의 안전을 위해 보건위생 관계자들은 계속 소독된 붕대 마스크를 썼다. 표면적으로만 보면 병은 확산일로에 있어야 했다. 하지만 선페스트의 사례가 줄고 있어서 총계는 평형 상태였다.

하지만 갈수록 물자 보급이 어려워지면서 다른 걱정거리들이 생겨났다. 투기가 극성을 부려서 일차적 필수품들이 일반 상점에서 거래되지 못하고 터무니없는 가격에 판매되었다. 그 결과 부유층들은 부족한 것이 거의 없이 누리는 반면, 빈곤한 가정들은 무척 괴로운 상황에 처하게 되었다. 페스트는 감염의 무차별성으로 인해 우리 시민들 사이의 평등을 조장해야 했을 텐데, 이와 반대로 저마다의 이기심들이 충돌하며 사람들의 마음속에서 불공정이라는 감정을 더 첨예하게 만들었다. 물론 죽음이라는 나무랄 데 없는 평등은 여전했지만, 아무도 그런 평등은 원치 않았다. 배고픔에 고통을 받던 가난한 사람들은 더 향수에 잠겨 삶이 자유롭고 빵이 비싸지 않은 이웃 도시나 시골을 생각했다. 그래서 그들은 자기들을 충분히 먹일 수 없으면 떠나는 것을 허용해 주어야 한다는, 어찌 보면 그다지 이성적이지 않지만 자연스러운 생각을 품었다. 이는 하나의 구호가 되어 담벼락에 쓰여졌고, 지사가 지나가는 길에서 외쳐졌다. "빵 아니면 공기를." 이런 비꼬는 문구는 몇몇 시위의 기폭제가 되었다. 비록 빠르게 진압되었지만, 모두가 그 심각성을 인지하게 되었다.

당연히 신문들은 '무조건적 낙관론'이라는 하달된 지침을 철저히 따랐다. 신문을 그대로 믿자면, 그 당시 주민들은 '침착함과 냉철함의 모범 사례'를 보여주고 있었다. 하지만 그 어떤 것도 비밀이 될 수 없는 고립된 한 도시인데, 공동체가 '모범'을 보여주고 있다는 말에 속을 사람은 아무도 없었다. 그리고 기자가 언급한 '침착함과 냉철함'을 정확히 알려면, 행정 당국이 세운 예방 격리소나 격리 수용소 중 한 곳만 들어가 봐도 충분했다. 다른 일에 바빴던 서술자는 그런 곳에 대한 경험이 없었다. 그러니 여기서는 타루의 목격담을 인용할 수밖에 없다.

타루는 수첩에 시립 운동장에 설치된 수용소를 랑베르와 함께 방문했던 이야기를 적었다. 운동장은 도시 관문들 가까이에 있었는데, 한쪽에는 전차가 지나다니는 거리가, 또 한쪽에는 도시가 건설된 고원의 끝까지 뻗은 공터가 있었다. 사방에 높은 콘크리트 담이 둘러 있어서 네 군데의 출입구에 보초병을 세워 두는 것만으로도 충분히 탈주는 어려웠다. 그와 동시에 그 담은 외부인들의 불편한 호기심으로부터 예방 격리된 불행한 사람들을 막아 주었다. 하지만 그 불행한 사람들은 보이지도 않는 전차가 지나가는 소리를 하루 종일 듣고 있었고, 전차 소리의 강약으로 출퇴근 시간을 짐작하기도 했다. 그들은 몇 미터 떨어진 곳에서 자신들이 배제된 삶이 계속 이어지고 있고, 콘크리트 담이 마치 서로 다른 별인 양 두 세계를 낯설게 가르고 있음을 상기했다.

타루와 랑베르가 그 운동장에 간 것은 어느 일요일 오후였다. 축구 선수인 곤살레스와 동행했는데, 랑베르가 그에게 연락을 취해서 교대로 운동장의 경비를 서는 일을 맡아달라고 설득한 참이었다. 그래서 곤살레스를 수용소 소장에게 소개해 주러 갔다. 그날 오후 만났을 때 곤살레스는 첫마디로, 페스트 발병 이전에는 그때쯤이 경기를 시작하기 위해 유니폼을 갈아입는 시간이었다고 말했다. 지금은 경기장이 징발되었으니 다 옛일이었다. 곤살레스는 완전히 무료해 보였고, 실제로 그렇게 느꼈다. 그가 주말에만 한다는 조건으로 감시 업무를 받아들인 이유 중 하나였다. 하늘이 반쯤 구름에 덮여 있었는데, 곤살레스는 공기 냄새를 맡더니 아쉽다는 표정으로 비도 안 오고 덥지도 않은 이런 날씨가 경기를 제대로 치르기에 제격이라고 말했다. 그는 탈의실의 찜질약 냄새, 무너질 듯한 관람석, 엷은 황갈색 경기장 위의 산뜻한 빛깔의 유니폼, 중간 휴식 시간의 레몬이나 바싹 마른 목구멍을 수천 개의 바늘처럼 시원하게 해 주는 레모네이드 탄산수 등을 상기시켜 주었다. 타루가 거기에 더해 기록한 바로는, 이 선수는 변두리의 폭 꺼진 길을 가던 내내 돌멩이가 보이는 족족 계속 발길질을 해 댔다. 돌멩이를 정통으로 하수구를 향해 찼고, 성공하면 "1대 0!"이라고 외쳤다. 담배를 다 피우면 꽁초를 내뱉고는 재빨리 몸을 날려 떨어지는 꽁초를 발로 차려고 하기도 했다. 운동장 근처에서 놀던 아이들의 공이 길을 가던 그들 쪽으로 날아오자 곤살레스는 몸을 움직여 그것을 정확하게 돌려보냈다.

드디어 그들은 운동장으로 들어섰다. 관중석은 사람들로 꽉 차 있었다. 하지만 운동장은 수백 개의 붉은 천막으로 덮여 있었고, 멀리서도 천막 안의 침구들과 보따리들이 보였다. 관중석은 몹시 덥거나 비가 오는 날에는 수용자들이 그곳으로 피할 수 있도록 그대로 뒀다. 그들은 다만 해 질 녘에 각자의 천막으로 되돌아가야 했다. 관람석 아래에는 얼마 전에 설치한 욕실과 예전의 선수용 탈의실을 개조한 사무실과 병실이 있었다. 수용자들 대부분은 관중석에 자리를 잡았고, 일부는 터치라인 근처에서 서성거렸다. 몇몇 사람은 천막 입구에 쭈그리고 앉아 흐릿한 시선으로 두리번거렸다. 관중석에서 많은 사람이 털썩 주저앉아 뭔가를 기다리는 것처럼 보였다. 타루가 랑베르에게 물었다.

"저 사람들은 하루 종일 뭘 하죠?"

"아무것도 안 해요."

거의 대부분의 사람들이 사실 맨손에 두 팔을 떨구고 있었다. 이 거대한 인간 집단은 이상하리만큼 조용했다.

"처음 며칠 동안은 자기 말소리가 안 들릴 정도로 시끌시끌하거든요. 그러다가 날이 갈수록 말수가 줄더군요."

수첩에 적힌 바로는, 타루는 그들을 이해했던 것으로 보인다. 초기에 그들이 겹겹이 쌓인 천막 속에서 파리 소리를 듣거나 몸을 긁적거리다가, 기꺼이 귀를 기울여 줄 사람을 찾게 되면 큰 소리로 분노와 공포를 이야기했을 모습이 눈에 선했다. 하지만 수용소의 인원이 초과된 때부터 기꺼이 들어 주는 사람들의 수가 점점 줄어들었다. 따라서 입을 다물고 모두를 경계하는 것 외에는 더 이상 남은 일이 없었다. 사실 거기에는 잿빛으로 빛나는 하늘에서부터 붉은 수용소 위로 쏟아져 내린 이슬 같은, 일종의 경계심이 있었다.

그렇다. 모두의 눈에 경계심이 담겨 있었다. 강제 격리를 당했으니, 아무 이유 없이 그러는 것은 아니었다. 그들은 이유를 찾으려 하고 두려워하는 자의 얼굴을 하고 있었다. 타루가 본 사람들은 하나같이 텅 빈 눈이었고, 자신의 삶에서 의미있던 모든 것과 단절되어서 눈에 띄게 고통받는 모습이었다. 그리고 항상 죽음에 대해 생각할 수는 없는 노릇이니, 그들은 아무것도 생각하지 않았다. 그들은 휴가 중인 셈이었다. 타루는 이렇게 적고 있다.

"하지만 최악은, 그들이 잊혀졌고, 그들 스스로 그 사실을 안다는 것이다. 그들의 친구들은 다른 것들을 생각하느라 그들을 잊었는데, 충분히 그럴 수 있다. 그들을 사랑하는 이들도 그들을 잊었는데, 그들을 빼내기 위한 절차나 계획에 온 힘을 쏟아부었기 때문이다. 항상 빼낼 궁리에만 골몰하다 보니, 막상 그들이 안전하게 빼내고자 하는 사람에 대한 생각은 멈췄다. 이것 또한 당연하다. 그리고 결국에 가서는 그 누구도 어떤 누군가를 정말로 생각할 수는 없음을 깨닫게 된다. 심지어 가장 처참한 불행에 처했다 해도 말이다. 누군가를 정말로 생각한다는 것은, 식사나 날파리, 집안일, 가려움 등의 걱정거리에 산만해지지 않고 매순간 그 사람을 생각한다는 의미다. 하지만 파리나 가려움은 늘 있다. 그렇기 때문에 삶다운 삶을 산다는 것은 어려운 일이다. 그리고 이 사람들은 그것을 잘 알고 있다."

소장이 다가와서, 오통 씨가 만나고 싶어 한다고 말했다. 곤살레스는 사무실에 두고, 그들은 소장이 안내하는 대로 관중석의 한 모퉁이로 갔다. 오통 씨가 혼자 떨어져 앉아 있다가 그들을 맞기 위해 일어섰다. 판사는 과거와 똑같은 옷차림으로, 깃도 여전히 빳빳했다.

하지만 타루는 그의 관자놀이 부분의 머리털이 더 곤두섰고 한쪽 구두끈이 풀려 있는 것에 주목했다. 지쳐 보였고, 말하는 동안 단 한 번도 상대방을 정면으로 쳐다보지 않았다. 그는 그들을 만나서 기쁘고, 리외 의사에게 그가 베풀어 준 것에 대한 감사 인사를 전해 달라고 말했다. 두 사람은 잠자코 있었다. 잠시 침묵이 흐른 후에, 판사가 힘겹게 말을 이었다.

"필리프가 너무 고통받지 않았기를 바랍니다."

타루는 판사가 자기 아들의 이름을 부르는 것을 처음 들었다. 그는 뭔가 변했다. 해가 지평선으로 기울어 두 개의 구름 사이로 햇살이 비스듬히 관중석을 비추며 세 사람의 얼굴을 금빛으로 물들였다.

"아닙니다, 그러지 않았어요. 정말 고통받지 않았습니다."

그들이 떠난 뒤에도 판사는 햇빛이 비치는 쪽을 계속 바라보고 있었다.

그들은 곤살레스에게 작별 인사를 하러 사무실에 들렀다. 그는 감시 교대 일정표를 보고 있었다. 축구 선수는 그들과 악수를 하며 웃었다.

"적어도 탈의실은 되찾았소. 그게 어디오."

잠시 후, 소장이 타루와 랑베르를 배웅할 때 관람석에서 지직거리는 커다란 소음이 들렸다. 곧이어 좋은 시절에는 경기 결과를 알리거나 선수 명단을 소개하는 데 사용된 확성기가 코맹맹이 소리를 내며 저녁 식사가 배급될 수 있도록 수용자들은 각자의 천막으로 돌아가야 한다고 알렸다. 사람들이 천천히 관중석을 떠나 발을 끌며 천막 안으로 들어갔다. 모두 제자리로 돌아가자 기차역에서 볼 수 있는 조그만 전기 자동차 두 대가 천막들 사이로 커다란 냄비를 싣고 다녔다. 사람들이 팔을 내밀자 국자 두 개가 두 냄비에 담겼다 나오더니 두 개의 식기로 옮아갔다. 차가 다시 움직였다. 다음 천막에서 같은 일이 반복되었다. 타루가 소장에게 말했다.

"과학적이네요."

"그렇죠? 우리는 이곳을 매우 과학적으로 운용하고 있어요."

소장은 그들과 악수를 하며 만족스러운 듯이 대답했다.

황혼 녘이 되자 하늘이 개었다. 부드럽고 신선한 햇빛이 수용소를 감쌌다. 저녁의 평화 속에서 숟가락과

그릇 소리가 여기저기서 들렸다. 박쥐들이 천막 위에서 이리저리 날다가 급히 사라졌다. 전차 한 대가 벽 저쪽에서 분기선(分岐線) 위를 지나며 시끄럽게 삐걱대고 있었다.

타루가 문을 나서면서 중얼거렸다.

"오통 씨가 안됐어. 뭘 좀 도와주고 싶은데. 하지만 판사인 사람을 어떻게 돕지?"

***

시내에는 이처럼 다른 수용소가 몇 개 더 있었는데, 서술자는 직접적인 정보도 부족한 데다 마음에 걸리기도 해서 덧붙일 이야기가 없다. 다만 확실히 말할 수 있는 사실은, 이런 수용소들의 존재 자체, 거기서 나는 사람들의 냄새, 황혼 녘에 들리는 커다란 확성기 소리, 비밀스러운 공기, 금지된 장소에 대한 두려움 등이 우리 시민들의 사기를 무겁게 짓눌러서 걱정과 염려를 더욱 가중시키고 있었다는 것이다. 행정 당국과의 분규와 충돌이 더 늘어났다.

11월 하순이 되자 아침 기온이 뚝 떨어졌다. 억수 같은 비가 내려서 도로가 반질거렸고 선명하고 맑은 하늘에 구름 한 점 없었다. 매일 아침 약해진 햇빛이 도시 위로 차갑게 반짝였다. 그래도 밤이 다가오면 다시 공기가 훈훈해졌다. 타루가 의사 리외에게 속내를 조금 털어놓은 것도 바로 그런 밤이었다.

어느 날 저녁 10시경, 길고 힘든 하루를 보낸 후 타루는 늙은 천식 환자에게 왕진을 가는 리외를 따라갔다. 오래된 동네의 집들 저 위로 하늘은 부드럽게 윤기가 흘렀다. 산들바람이 어두운 교차로를 소리 없이 가로지르며 불었다. 조용한 거리를 지나온 두 사람은 노인의 장광설에 걸려들었다. 이제나저제나 벼르는 이들이 있더라, 좋은 건 늘 같은 자들이 싹 긁어간다더라, 절대로 그렇게 될 수가 없는 일이라더라, 십중팔구(여기서 그는 손을 비벼 댔다) 기어이 무슨 사달이 날 거라더라……. 노인이 여러 사건에 계속 토를 다는 와중에 의사는 그를 치료했다.

위층에서 발자국 소리가 크게 들렸다. 타루가 궁금해하는 모습을 눈치채고, 노인의 부인이 이웃집 여자들이 테라스에 나와 있다고 알려 주었다. 그들은 저 위

쪽은 전망만 좋은 게 아니라, 대부분 테라스끼리 서로 잇닿아 있어서 동네 여자들이 밖으로 나가지 않고도 다른 집을 방문할 수 있다는 것을 알았다.

"올라가 봐요. 저 위는 공기가 좋아요."

노인이 말했다.

테라스에는 인적이 없고 의자만 세 개 놓여 있었다. 한쪽으로는 시선이 닿는 곳까지 테라스만 보였고, 그 끝이 어두운 바위 더미였다. 그들은 이 바위 더미가 첫 번째 언덕임을 알아보았다. 다른 한쪽으로는 몇몇 거리와 보이지 않는 항구 너머로 하늘과 바다가 희미한 약동 속에서 서로 섞여 있는 수평선이 보였다. 벼랑으로 알고 있는 쪽에서는 어디서 나오는지 알 수 없는 섬광이 규칙적으로 나타났다 사라졌다를 반복했다. 봄부터 해협의 등대가 다른 항구로 항로를 바꾸는 선박들을 위해 계속 돌아가고 있었던 것이다. 바람에 쓸리고 닦인 하늘에서는 맑은 별이 빛났고, 멀리서 등대의 섬광이 잠시 그치며 반짝했다가 사라지는 잿빛을 하늘에 더했다. 미풍에 향료와 돌 냄새가 실려 왔다. 완전한 침묵이었다.

"날씨가 좋군요. 여기까지는 페스트가 못 올라온 모

양이네요."

리외가 의자에 앉으면서 말했다.

타루는 그에게 등을 돌리고 바다를 한참 동안 보고 있다가, 이렇게 대꾸했다.

"네, 날씨가 좋네요."

그는 의사 옆에 와서 앉아 그를 유심히 보았다. 섬광이 세 번 하늘에 다시 나타났다. 저 아래 거리 안쪽 깊숙한 곳에서 접시 부딪치는 소리가 그들에게까지 들려왔다. 집 안에서 문 닫히는 소리도 들렸다. 타루가 아주 자연스럽게 화제를 꺼냈다.

"리외 씨! 내가 어떤 사람인지 알려고 해 본 적이 한 번도 없지 않나요? 나를 친구로 여기죠?"

"그럼요, 친구로 여기죠. 하지만 지금까지 그럴 만한 시간이 없었어요."

"좋아요, 그럼 안심이네요. 지금 우정의 시간을 가져 보면 어때요?"

리외는 대답으로 그에게 미소를 지었다.

"자, 그럼……."

조금 떨어진 거리에서 자동차 한 대가 젖은 포장도로 위를 미끄러져 달리는 소리가 한동안 들렸다. 자동차가 멀어지자 이번에는 멀리서 시끄러운 고함들이 또한 번 침묵을 깨뜨렸다. 그리고 나서 침묵이 다시 하늘과 별들의 무게처럼 무겁게 두 사람 위에 드리웠다. 타루가 일어서더니 여전히 의자에 몸을 깊이 묻고 있는 리외의 맞은편 난간에 걸터앉았다. 까만 하늘을 배경으로 육중한 형태의 윤곽이 또렷이 보였다. 타루는 아주 오랫동안 이야기를 했는데, 그가 털어놓은 바를 간추리면 대략 이랬다.

"간단히 말하자면, 리외 씨, 나는 이 도시로 와서 이전염병을 만나기 훨씬 전에 이미 페스트로 고통을 받았다고 할 수 있습니다. 나도 이곳 사람들과 똑같다는 말이에요. 다만 그런 줄도 모르고 편하게 지내는 사람이 있는가 하면, 그 사실을 인지하고 얼른 거기서 빠져나오고 싶어 하는 사람도 있는 거죠. 나는 항상 후자였어요.

젊었을 때 나는 순진한 생각으로, 다시 말해 아무 생각 없이 지냈습니다. 고민하는 성격도 아니었고, 사회생활의 시작도 순조로웠어요. 모든 게 성공적이었죠. 머리도 괜찮았고, 연애도 잘했고, 혹여 고민거리가 생겨도 쉽게 해결하고 털어냈어요. 그런데 어느 날부터 곰곰 생각해 보기 시작했죠. 지금은…….

당신과 달리 내가 가난하지 않았다는 것은 말해 둘
필요가 있습니다. 아버지가 차장검사였으니 좋은 환경
이었죠. 하지만 정말 마음씨 좋고 친절한 분이어서, 겉
으로는 검사 같은 분위기가 전혀 없었어요. 어머니는
단순한 성격에 얌전한 분으로, 내가 늘 사랑했죠. 하지
만 어머니 이야기는 하고 싶지 않네요. 아버지는 내게
늘 자상했고, 심지어 나를 이해하려고 노력한다고까지
느껴졌어요. 좋은 남편은 아니었죠. 지금이야 확실히
알겠는데, 어쨌든 그렇다고 특별히 놀랐던 것 같지는
않아요. 바람을 필 때조차 그는 신뢰가 가게 행동해서
결코 추문이 일어나지 않았어요. 한마디로, 그렇게 개
성이 강한 인물은 아니었어요. 돌아가시고 난 지금 생
각해 보면 성자처럼 살지도 않았지만 또 악인도 아니
게, 적당히 점잖았던 것 같아요. 중도를 지킨 건데, 사
람들은 바로 이런 부류의 사람에게 적당한 애정을 느
끼고 그 애정을 계속 유지한답니다.

그런데 딱 한 가지 특이한 버릇이 있었어요. 아버지
는 종합 열차 시간표를 머리맡에 두고 읽었죠. 기차를
자주 타서 그런 건 아닙니다. 브르타뉴까지 가는 게 거

의 유일한 여행이었는데, 거기에 작은 시골별장이 있어서 가족끼리 여름휴가 때마다 간 거예요. 어쨌든 아버지는 걸어 다니는 시간표였죠. 파리-베를린 노선의 출발 및 도착 시각, 리옹에서 바르샤바로 가기 위한 환승 시각, 어떤 나라 어떤 수도든 그 사이의 정확한 킬로미터까지 말해 줄 정도였어요. 브리앙송에서 샤모니까지 어떻게 가는지 술술 말할 수 있겠어요? 역장이라도 머리를 긁적일 질문인데, 아버지는 척척 대답했죠. 그런 데다가 거의 매일 저녁 연습해서 지식을 넓혀 갔고 뿌듯해 했어요. 나는 너무 재미있어서 아버지한테 자주 문제를 냈고, 안내서에서 아버지의 대답을 보고 안 틀렸다는 것을 확인하면 기뻤어요. 이런 자질구레한 장난으로 우리 부자는 더 가까워졌어요. 아버지는 자신의 청중이 되어 주는 나를 기특해 했고, 나는 철도에 대한 아버지의 뛰어난 능력을 다른 성취들만큼이나 가치 있게 여겼고요.

이런, 내가 별 생각 없이 그 양반한테 너무 큰 비중을 두며 말하고 있는 게 아닌가 싶군요. 사실 아버지는 내가 지금 당신에게 말하려는 그 큰 변화에 간접적인 영향만 미쳤는데 말이죠. 기껏해야 일련의 생각들에

영감을 준 정도예요. 열일곱 살이 되었을 때, 아버지가 법정에 와서 당신의 논고를 들어 보라고 권했습니다. 당시 지방법원에서 중대한 사건을 공판 중이었는데, 분명 자신의 가장 훌륭한 모습을 보여 주고 싶은 생각이었을 겁니다. 또한 내가 자신처럼 법조계로 들어섰으면 하는 기대도 했던 것 같고요. 나는 가겠다고 했죠. 일단 아버지가 무척 기뻐할 것 같았고, 또 가족이 아니라 판사인 아버지의 모습을 보고 싶은 호기심도 있었거든요. 진짜 그게 법정에 간 이유의 전부예요. 나에겐 법정에서 일어나는 일은 7월 14일(혁명 기념일)의 열병식이나 상장 수여식처럼 아주 자연스럽고 당연해 보였습니다. 법정에 대한 나의 인식은 그 정도로 추상적이었고, 별로 깊이 생각해 본 적이 없었죠.

그런데 그날의 공판에서 내 뇌리에 한 영상이, 죄인의 모습이 강렬하게 남았습니다. 나는 그가 정말 유죄였다고 생각했는데, 죄목은 중요하지 않았어요. 서른 살쯤 된 키가 작은 빨강 머리 남자가 모든 것을 어서 자백하려고 굳게 결심한 모습이었는데, 자기가 저지른 짓과 자기에게 닥칠 일에 너무 겁을 먹은 게 느껴져서, 몇 분만에 내 눈에는 오직 그 사람만 보였습니다. 아주

127

강한 빛을 받아 질겁한 올빼미 같았어요. 넥타이의 매듭도 옷깃에 반듯하게 맞춰져 있지 않았고, 연신 한쪽 손의 손톱만 깨물어 댔는데 아마도 오른쪽이었을 거예요……. 이 정도로만 해도 아시겠죠. 당신은 그가 살아 있는 사람인 걸 이해했을 겁니다.

하지만 나로서는 느닷없는 생각이었습니다. 그때까지는 그를 '피고'라는 공식 직함으로만 보았거든요. 아버지의 법정이라는 것까지 완전히 잊은 건 아니었지만, 뭔가가 내 숨통을 조여서 내 정신은 온통 그 작은 사내에게만 쏠려 버렸어요. 주위에서 뭐라고 하는지도 거의 안 들렸죠. 그저 사람들이 살아 있는 이 사람을 죽일 거라는 생각만 들었고, 그러자 어떤 본능이 마치 파도처럼 맹렬하게 솟구쳐서 나는 고집스럽고 맹목적으로 그의 편에 섰습니다. 아버지의 논고가 시작될 때에야 제정신이 들었습니다.

붉은 옷을 입은 아버지는 아주 달라 보였어요. 착한 사람도, 다정한 사람도 아니었죠. 아버지의 입에서 엄청난 말들이 우글대다가 마치 뱀들처럼 계속 튀어나왔습니다. 나는 아버지가 사회의 이름으로 그 사람의 죽음을, 심지어 목을 치라고 요구한다는 것을 깨달았습니다. 사실 아버지가 했던 말은 이거예요. '그는 교수형(최고형)을 받아야 합니다.' 하지만 별 차이 없잖아요, 어차피 결과가 같은데. 아버지는 원했던 그의 머리를 얻었거든요. 다만 아버지가 그 일을 직접 실행하지 않았을 뿐이죠. 나는 그 과정을 처음부터 끝까지 지켜본 것만으로 그 불행한 남자에게 현기증이 날 정도로 아주 강렬한, 아버지는 결코 느끼지 못했을 친밀감을 느꼈어요. 아버지는 통상의 관례에 따라 사람들이 완곡하게 최후의 순간이라고 부르는 일, 가장 비열한 살인이라고 불러야 할 일에 입회까지 했을 겁니다.

그날부터 나는 종합 열차 시간표만 봐도 역겨웠어요. 그날부터 나는 치를 떨면서도 사법 재판, 사형 선고, 사형 집행 따위에 관심을 갖게 됐고요. 그런데 아버지가 내가 눈으로 목격했던 그날을 비롯해서 이미 여러 번 살인에 입회했고, 그가 아침에 일찍 일어났던 날들이 바로 그런 날이었음을 깨닫고 아찔했습니다. 그날마다 자명종이 울렸던 걸 떠올렸지요. 나는 차마 어머니에게 이런 이야기를 꺼내지는 못하고, 그 대신 어머니를 자세히 관찰했어요. 그리고 두 분 사이에 더 이상 아무것도 없고, 어머니가 그냥 체념하고 살아간다는 것을 알았죠. 그래서 어머니를 용서할 수 있었고, 그 시절에 자주 그렇게 되뇌었습니다. 나중에야 어머니는 용서받아야 할 것이 없었다는 것을 알았어요. 결혼하기 전까지 평생 가난했고, 가난으로부터 체념을 배웠을 뿐이니까요.

내가 그 당시에 즉시 집을 떠났을 거라고 생각하죠? 아녜요. 나는 그대로 수개월을, 거의 1년 동안 집에 남아 있었어요. 하지만 마음은 병이 들어 있었습니다. 그러던 어느 날 저녁 아버지가 일찍 일어나야 하니 자명종을 가져오라고 하더군요. 나는 그날 밤을 뜬눈으로 지새웠습니다. 그다음 날 아버지가 돌아왔을 때 나는 집을 떠나고 없었습니다.

간단히 말하자면, 네, 나는 아버지의 편지를 받았습니다. 사람을 시켜 나를 찾은 거예요. 나는 그를 찾아가서 아무런 설명을 하지 않고 침착하게, 만일 강제로 나를 끌고 간다면 자살하겠다고 말했어요. 아버지는 성격이 온순한 분이었기에 결국 수락했고, 왜 제멋대로 사는 것(아버지는 내 행동을 그런 식으로 해석했는데, 별로 그를 납득시키고 싶은 생각도 없었어요)이 어리석은지에 대해 일장연설을 하면서 수천 가지 주의를 주더니 진심에서 우러나오는 눈물을 눌러 참았어요. 그 후에, 제법 오랜 시간이 지난 후에 나는 정기적으로 어머니를 보러 집에 들렀고 그때 아버지도 보았어요. 내 생각에 아버지는 이런 만남으로 만족했던 것 같아요. 나도 아버지에게 적대감은 없었고, 다만 약간 슬픈 마음이었습니다. 아버지가 돌아가시자 어머니를 모셨는데, 돌아가시지 않으셨다면 여전히 모시고 있었을 겁니다.

내가 첫출발 시기의 이야기를 길게 늘어놓은 것은, 거기서 모든 것이 나왔기 때문입니다. 이제 이야기를 더 빨리 해 보죠. 나는 열여덟 살에 안락한 생활에서 벗어나 가난을 맛보았습니다. 먹고살기 위해 별의별 일을 다 했고, 그때마다 웬만큼 해냈죠. 하지만 여전히 내가 골몰해 있던 문제는 '사형 선고'였습니다. 그 빨강 머리 외톨이 올빼미의 문제를 해결하고 싶었어요. 그래서 소위 말하는 '정치'라는 것을 하게 되었습니다. 페스트 환자는 되고 싶지 않았으니까. 그뿐이었죠. '이 사회가 사형 선고에 기반하고 있으니, 사회를 바로잡으면 살인을 물리치게 되겠지.' 그게 내 믿음이었고, 남들도 내게 그렇게 말했습니다. 여전히 그 믿음이 맞다고 봅니다. 나는 그때 내가 좋아했고 쭉 좋아해 온 사람들과 한편이 되었습니다. 수년간 계속 그편에 섰고, 유럽에서 내가 대항해 싸우지 않은 국가는 없었어요. 이 얘기 이쯤에서 끝내죠.

물론 우리도 경우에 따라 사형 선고를 내린다는 건 압니다. 사람들이 내게, 몇몇 사람의 죽음은 더 이상 누구도 살해당하지 않을 세계를 짓기 위해 꼭 필요한 일이라고들 말하더군요. 어느 정도는 그것도 진실인데, 나는 이런 종류의 진실을 견지할 능력이 없나 봅니다. 내가 흔들렸던 건 확실합니다. 하지만 외톨이 올빼미 씨를 생각했고, 처음의 마음을 다잡았죠. 그러다가 사형 집행을 처음 본 날(헝가리에서였어요), 어린 나를 사로잡았던 것과 똑같은 바로 그 현기증이 어른이 된 내 눈을 멀게 만들었습니다.

사람이 총살당하는 것, 본 적 없죠? 물론 없을 겁니다. 선별된 사람들만 참관하는, 초청장이 필요한 개인 파티 같은 것이거든요. 그러니까 우리는 기껏해야 그림이나 책에서 본 정보를 종합해 보는 거죠. 말뚝, 눈가리개를 한 사람, 멀찍이 있는 몇 명의 병사들. 아, 그런데 사실은 꽤 다릅니다! 멀찍은커녕 총살 집행자들의 열(列)이 사형수로부터 1.5미터 거리라는 것을 아셨나요? 사형수가 두 걸음만 앞으로 나가면 총부리에 가슴이 부딪힐지 모른다는 것을요. 이런 짧은 거리에서 사격수들이 굵직한 탄환으로 한꺼번에 심장 근처를 집중사격해 주먹도 들어갈 큼지막한 구멍을 만든다는 것도 아십니까? 아니요, 몰랐을 겁니다. 그런 세부 사항은 아무도 거론하지 않으니까요. 페스트 환자들에게는 마음의 평화가 목숨보다 더 신성하죠. 선량한 사람들은 밤에 푹 자야죠, 안 그래요? 그런 세부 사항에 매달리는 건 끔찍한 악취미고, 곱씹을수록 나쁜 맛이 나니까 그러면 안 된다는 것쯤은 상식이에요. 하지만 나는 그 무렵부터 잠을 설쳤습니다. 나쁜 맛이 입속에서 가시질 않았고, 계속 그 맛을 곱씹고 되새겼어요.

그러다가 그때 이해하게 되었습니다. 그러니까 내가, 그 긴 세월 동안 페스트에 걸려 있었다는 것을요. 분명 페스트에 걸리지 않으려고 혼신의 힘을 다해 싸우고 있다고 생각해 왔는데 말입니다. 나는 직접은 아니었지만 간접적으로 수천 명의 사람들의 죽음에 동의해왔던 겁니다. 숙명적으로 이런 죽음에 이를 수밖에 없는 행위나 원칙을 선(善)으로 여김으로써 심지어 그것을 야기하기까지 했던 겁니다. 다른 사람들은 이런 일로 거북한 것 같지 않았고, 그것을 거론하는 경우도 절대로 없더군요. 하지만 나는 목이 콱 잠겼어요. 나는 그들과 같이 있었지만 혼자였습니다. 내가 나의 꺼림칙함을 표현하기라도 하면, 그들은 나더러 너무 결벽증적으로 굴지 말고, 무엇이 쟁점인지를 잘 생각하라고 말했습니다. 그리고 엄청난 이유들을 갖다 대면서 나로서는 도저히 소화시킬 수 없는 것을 삼키게 하려고 했습니다. 나는 이렇게 대답했죠. '중증의 페스트 환자들, 붉은 법복을 입은 그들에게도 훌륭한 이유들이 있으니, 만일 내가 경미한 페스트 환자들이 주장하는 불가항력적 이유와 필요성을 인정한다면, 중증 환자들의 그것도 거부할 수 없는 것 아니겠는가.' 그들은 붉은 법복들은 사형 선고 독점권을 행사하니까 경우가 다르다고 쏘아붙였습니다. 내 대답은 이거였죠. '한번 소신을 굽히기 시작하면 계속 굽힐 수밖에 없다.' 역사는 내가 옳다는 것을 증명해 주는 것처럼 보여요. 오늘날 마치 누가 더 많이 죽이나 경쟁이라도 하는 분위기 아닙니까. 다들 살인에 광분하고 있고, 이젠 멈추고 싶어도 도저히 멈출 수 없는 지경입니다.

어쨌든 내 관심사는 논쟁에서 이기는 게 아니었습니

다. 빨강 머리 외톨이 올빼미가 문제였고, 그 비열한 절차가 문제였죠. 페스트에 걸린 더러운 입이 수갑을 찬 사람에게 죽게 될 거라는 선고를 내리고, 그가 확실히 죽도록 과학적으로 치밀하게 준비하는 동안에, 그는 매일 밤 뜬 눈으로 살해되기를 기다리며 처절한 밤들을 보내는 아주 고약한 상황입니다. 나는 그 남자의 가슴에 뻥 뚫리는 그 구멍을 해결해야만 했습니다. 그러면서 한편으로 그 역겨운 도살 행위에 정당성을 부여하는 것은 절대로 거부하겠다고 다짐했죠. 그래요, 나는 눈감고 버티면서, 어떻게 해야 할지 더 명확해질 때까지 꾹 참고 기다리기로 했던 것입니다.

지금도 그런 마음입니다. 멀리에서건 선의에 의해서건 일단 내가 한 명의 살인자였다는 것을 부끄러워한 지가, 죽을 정도로 부끄러워한 지가 꽤 오래됩니다. 그리고 시간이 갈수록 또렷이 깨닫습니다. 남들보다 훌륭한 사람들조차 죽이거나 죽는 일을 피할 수 없는데, 그게 그들이 사는 논리라는 것을요. 누군가를 죽일 수 있는 위험을 무릅쓰지 않고서는 오늘날 이 세상에서 아무것도 할 수 없다는 것을요. 그래요, 나는 우리 모두가 페스트 환자라는 것을 알고 내내 부끄러웠고, 마음의 평화를 잃어버렸습니다.

그래도 오늘도 여전히 평화를 찾아 헤매고 있습니다. 그들 모두를 이해하고 그 누구와도 치명적인 적이 되지 않는 법을요. 페스트에서 낫기 위해서는 우리가 할 수 있는 일을 해야 할 뿐입니다. 바로 그것이 평화를 되찾는 유일한 방법이고, 그러지 못해도 떳떳한 죽음을 맞을 수 있습니다. 이것이, 오직 이 방법만이, 사람들을 편하게 해 줄 수 있고, 그들을 구원하지는 못한다 해도 어쨌든 최대한 해를 끼치지 않고, 심지어 종종 약간의 선까지도 행하도록 해 줍니다. 그리고 정확히 이런 이유로 나는 직접적이건 간접적이건, 선의에서건 아니건, 사람을 죽이거나 살인을 정당화하는 모든 것과 타협하지 않기로 결심한 겁니다.

또한 이런 이유로, 당신 편에 서서 싸운다는 것 말고는 이번 페스트가 나에게는 별다를 게 없습니다. 나도 당신만큼이나 명백히 알고 있거든요(그래요, 리외 씨, 나는 세상에 대해 속속들이 알고 있어요). 우리 각자가 모두 페스트를 지니고 있다는 것을요. 누구도, 이 세상에 그 누구도 페스트에 걸리지 않은 사람은 없습니다. 그러니까 우리는 잠시 방심해서 감염균을 다른 사람의 얼굴에 내쉬지 않으려고 계속 스스로를 경계해야 하는 겁니다. 병균은 자연스러운 것입니다. 그 이외의 것, 그러니까 건강이나 온전함, 무결점 등은 의지에 달려 있어요. 결코 멈춰서는 안 될 의지예요. 선량한 사람, 거의 누구도 감염시키지 않는 사람이란 가능한 한 방심하지 않는 사람입니다. 그런데 방심하지 않으려면 의지가, 긴장의 끈을 놓지 않는 의지가 있어야 합니다! 그래요, 리외 씨, 페스트 환자로 있는 것은 매우 피곤한 일입니다만, 페스트 환자로 있지 않으려는 것은 더 피곤한 일입니다. 이런 이유로 오늘날 모든 사람이 피곤해 보이는 거예요. 오늘날 모든 사람이 심하든 약하든 조금씩은 페스트에 걸려 있으니까요. 하지만 바로 그 이유로, 이런 상태를 끝내고 싶어 하는 몇몇 사람이 죽음 이외에는 아무것도 그들을 해방시켜 주지 않을 극도의 피로를 자진해서 겪는 겁니다.

지금부터 죽을 때까지, 나는 이 세계에 내 자리는 없다는 걸 압니다. 살인을 단호하게 거부했던 그 순간부터, 나는 스스로를 영원히 끝나지 않는 추방형에 처한 것입니다. 역사를 만들어 가는 건 다른 사람들 몫입니다. 내게 그들을 판단할 자격도 없지요. 나에게는 이성적인 기질이 부족해서, 그들 같은 이성적인 살인자가 될 수가 없어요. 그러니까 말하자면 결핍되었다는 겁니다. 우월하다는 말이 아니라. 하지만 이대로 좋습니다. 나는 지금의 나에 만족해요. 겸손을 배운 거죠.

내가 줄곧 말하고자 한 건 이겁니다. 이 세상에는 매번 재앙과 희생자가 있고, 무엇이 되느냐는 우리가 얼마나 재앙의 편이 되기를 거부하느냐에 달렸습니다. 이런 논리가 당신의 눈에는 어쩌면 지나치게 단순해 보일지도 모르겠어요. 나는 이런 것이 단순한 것인지 아닌지도 잘 모르겠어요. 다만 이게 진실인 걸 압니다. 그게요, 나는 엄청나게 많은 이론들을 들었습니다. 내 머리가 이상해질 뻔한 적도 있었고, 어떤 사람들은 살인 행위에 동의하게 될 정도로 머리가 이상해지기도 했어요. 그러면서 깨달았는데, 우리의 모든 불행은 명쾌하고 간결한 언어를 사용하지 못하는 데서 기인한다는 겁니다. 그래서 나는 올바른 길로 가기 위해서 항상 명쾌하게 말하고 행동하자고 결심했습니다. 내가 재앙과 희생자가 있다고 말하고, 다른 말을 덧붙이지 않는 이유입니다. 그러면 내 자신이 '병균'을 옮기는 재앙이 되겠지만, 적어도 내 의지로 하는 것은 아니지요. 한마디로, 나는 차라리 결백한 살인자로 있으려 합니다. 아시겠지만, 뭐 대단히 큰 야망에서 이러는 게 아닙니다.

물론 제3의 범주, '진정한 의사'도 있어야겠죠. 하지만 그들을 만나는 건 사실 쉽지 않습니다. 힘든 천직이니까요. 그래서 내가 어떤 고난이 닥칠 때마다 희생자 편에 서려고 하는 겁니다. 그렇게라도 피해를 줄여야죠. 그러면서 나는 제3의 범주에, 즉 평화에 이를 수 있는 길을 찾아볼 생각입니다."

이야기를 마치면서 타루는 한쪽 다리를 흔들어서 발로 가볍게 테라스를 두드리고 있었다. 잠시 침묵이 흐른 뒤, 의사는 몸을 약간 일으켜 마음의 평화에 도달하기 위해 가야 할 길을 찾은 것 같냐고 물었다.

"네, 그 길은 공감입니다."

먼 곳에서 구급차의 경적이 두 번 울렸다. 조금 전에는 흐릿하던 아우성이 바위 언덕 근처, 시의 경계 쪽으로 모였다. 이와 동시에 폭발음 비슷한 소리가 들렸다. 그러고 나서 다시 조용해졌다. 리외는 등대불이 두 번 깜빡거리는 것을 헤아렸다. 미풍이 더 강해지는 듯하면서 동시에 바다에서 불어온 바람이 소금 냄새를 풍졌다. 이제 낭떠러지에 부딪히는 둔탁한 파도의 숨소리가 뚜렷이 들렸다.

"결국 내 관심사는 어떻게 성자가 되는지를 아는 겁니다."

타루가 솔직한 어조로 말했다.

"그러나 신은 안 믿잖아요."

"맞아요. 신 없이 성자일 수 있느냐, 이것이 오늘날 내가 겪고 있는 단 하나의 구체적인 문제입니다."

고함 소리가 들려오던 쪽에서 갑자기 큰 섬광이 일더니 바람결을 거슬러 뭔지 모를 함성이 두 사람에게까지 왔다. 섬광은 바로 꺼졌고, 테라스의 경계에 불그스레한 빛만을 남겼다. 바람이 잠시 멈추자 사람들의 고함, 이어서 발포음과 군중의 함성이 뚜렷하게 들렸다. 타루가 일어서서 귀를 기울였다. 더 이상 아무것도 들리지 않았다.

"또 관문에서 싸운 모양입니다."

"이제 끝났나 보네요."

리외가 말했다. 그랬더니 타루가 중얼거렸다. 절대 끝이 아니죠, 희생자가 더 생길 거예요, 원래 그런 거거든요……

"어쩌면요. 그런데 나는 성자들보다는 패배자들과 더 연대감을 느껴요. 나는 영웅주의나 신성함에는 취미가 없는 것 같습니다. 내 관심사는 인간이에요."

"그래요. 우리는 같은 것을 추구하고 있어요. 하지만 내 야심이 덜하죠."

리외는 타루가 농담을 한다고 생각하고 그를 쳐다보았다. 하지만 하늘에서 내려오는 희미한 미광 속에서 타루의 얼굴은 슬프고 심각했다. 바람이 다시 불어왔다. 리외는 피부에 닿는 바람이 미지근하다고 느꼈다. 타루가 몸을 흔들더니 말했다.

"우리 우정을 위해서 지금 뭘 하면 좋을지 아세요?"

"타루 씨가 원한다면 뭐든지요."

"해수욕을 하러 갑시다. 미래의 성자를 위해서도 그건 합당한 쾌락입니다. 안 그래요?"

리외는 또 미소를 지었다.

"우리의 통행증이면 방파제까지 갈 수 있어요. 정말이지 아무리 상황이 이렇다지만 페스트 속에서, 페스트만 생각하며 사는 건 너무 어리석어요. 물론 희생자들을 위해서는 싸워야 하지만, 아무것도 사랑하지 않는다면 그 싸움이 무슨 의미가 있겠어요?"

"그래요. 갑시다."

잠시 뒤, 자동차는 항구의 철책 근처에 멈춰 섰다. 달이 떠 있었다. 우윳빛 하늘이 도처에 옅은 그늘을 드리우고 있었다. 두 사람 뒤에 오랑 시는 층계 형태로 서 있었고, 그곳에서 뜨겁고 병든 바람이 불어와 두 사람을 바다 쪽으로 밀었다. 그들은 경비병에게 신분증을 제시했다. 경비병은 그것을 한참 동안 검사했다. 그들은 그곳을 지나자 큰 통들로 뒤덮인 살짝 높게 다진 평지를 가로질러 포도주와 생선 냄새가 진동하는 방파제 쪽으로 향했다. 다가갈수록 요오드와 해초 냄새가 짙어지며 바다가 있음을 알렸다. 이어서 바다 소리가 들렸다.

바다는 방파제의 커다란 돌덩어리들 발치에서 부드러운 숨소리를 내고 있었고, 그들이 방파제 위로 기어올라가자 우단처럼 두툼하고 짐승처럼 유연하고 매끈한 모습을 드러냈다. 그들은 대양을 마주한 바윗돌 위에 자리를 잡았다. 물은 서서히 차오르고 가라앉고 다시 차올랐다. 바다의 이 고요한 숨결이 수면에 기름기처럼 번지르르한 반사광을 만들었다가 사라지게 하고 있었다. 그들 앞의 밤은 무한했다. 손바닥으로 울퉁불

통한 바위 표면을 느끼던 리외에게 이상한 행복감이 가득 차올랐다. 타루를 돌아보니 친구의 침착하고 심각한 얼굴에서도 같은 행복이 보였다. 아무것도 잊지 않는, 심지어 살인 행위조차도 잊지 않는 행복.

그들은 옷을 벗었다. 리외가 먼저 물로 뛰어들었다. 차갑다고 생각했던 물이, 다시 떠오를 때는 이미 미지근하게 느껴졌다. 몇 번 팔을 젓고 나서 그는 그날 저녁 바다가 여러 달 동안 축적된 열을 대지로부터 되받은 가을 바다의 온도 정도로 따뜻하다는 것을 알았다. 그는 꾸준히 헤엄쳐 나갔다. 발짓이 솟구치는 물거품을 뒤에 남겼고, 물살이 팔을 스쳐 다리로 흘러내렸다. 무거운 풍덩 소리가 들렸다. 타루도 바다로 뛰어든 모양이었다. 리외는 바다에 등을 대고 누워서, 달과 별들로 가득 찬 뒤집어진 하늘을 마주하고서 미동도 하지 않았다. 그러고는 길게 숨을 내쉬었다. 점점 더 선명하게, 밤의 침묵과 고요 속에서 이상하리만치 맑은 물 튀기는 소리를 느꼈다. 곧 타루의 숨소리가 들렸다. 리외는 몸을 돌려 친구와 나란히 같은 리듬으로 헤엄을 쳤다. 타루가 힘차게 전진해서 그는 속도를 올려야 했다. 몇 분 동안 똑같은 힘과 리듬으로 전진하며, 단둘이서 세상과 동떨어진 먼 곳에 온 것 같았다. 도시와 페스트로 부터 해방된 기분이었다. 리외가 먼저 멈췄고, 그들은 천천히 되돌아왔다. 얼음 같은 조류를 만난 한순간은 예외였다. 바다의 돌변에 후려 맞은 그 순간 둘 다 말없이 동작을 서둘렀다.

다시 옷을 입고 발길을 돌렸다. 말 한마디 없었지만 완벽하게 똑같은 마음인 걸 느꼈다. 둘 다 이날 밤의 추억을 소중히 간직할 것이다. 멀리 페스트의 경비병이 시야에 들어왔을 때, 리외는 타루도 자신처럼 '그 병에서 잠시 한숨 돌려서 좋았는데 이제 다시 시작이군' 하고 생각한 것을 알았다.

***

그렇다. 다시 시작해야 했다. 페스트는 그 누구라도 너무 오랫동안 잊는 적이 없었다. 12월 내내, 페스트는 우리 시민들의 가슴속에서 타올랐고, 화장터의 화덕을 타오르게 했고, 수용소 가득 허깨비 같은 인간들이 떠다니게 했다. 한마디로, 페스트는 덜컹거리지만 망설임

없는 보폭으로 멈추지 않고 전진했다. 당국자들은 동절기에는 그 속도가 좀 줄기를 기대했지만, 페스트는 조금의 물러섬도 없이 겨울의 첫 혹한을 뚫고 지나갔다. 우리에게 남은 일이라곤 더 기다리는 것뿐이었다. 하지만 너무 오랜 기다림에 포기하는 사람들이 생겨났다. 오랑 전체가 내일은 없는 것처럼 살아갔다.

　의사 리외로 말하자면, 그에게 주어졌던 짧은 평화와 우정의 시간은 다시는 돌아오지 않았다. 병원이 하나 더 개설되어서 리외는 이제 하루 종일 환자들하고만 대화했다. 그렇지만 그는 지금 단계에서 페스트는 점점 더 폐 질환 형태로 나타나고, 환자들이 다소 의사에게 협조하려는 자세를 보인다고 느꼈다. 초기에는 허탈이나 광기로 자포자기했었다면, 이제는 점차 자기들에게 무엇이 더 이로울지 올바르게 생각하는 듯 보였고, 실제로 자기들에게 가장 득이 될 만한 것들을 스스로 요구했다. 그들은 끊임없이 마실 것을 요구했고, 모두가 따뜻한 것을 원했다. 의사로서 피곤하기는 마찬가지지만, 외로움은 덜했다.

　12월 말경, 리외는 여전히 수용소에 있던 예심판사 오통 씨로부터 편지 한 통을 받았다. 예방 격리 기간이

지났는데 아직도 자신이 격리 수용소에 억류되어 있으니, 입소 날짜에 행정상 착오가 있는 게 분명해 보인다는 내용이었다. 얼마 전에 퇴소한 그의 아내가 도청에 항의해 봤지만 냉대만 받았고, 결코 그런 실수는 없다는 말을 들었다고 했다. 리외는 랑베르에게 중재를 부탁했고, 며칠 후에 오통 씨가 리외를 방문했다. 실제로 실수가 있었기 때문에 리외가 그것에 대해 분개했다. 하지만 많이 야윈 오통 씨가 힘없는 손을 들어 올리더니 신중하게 '누구나 실수할 수 있다'고 말했다. 의사는 그에게서 뭔가가 결정적으로 변했다고 느꼈다.

"뭘 하실 겁니까, 판사님? 처리할 사건들이 많겠군요."

"그게, 사실은, 휴직을 하려고 합니다."

"이해합니다. 좀 쉬셔야 해요."

"그런 게 아닙니다, 수용소로 다시 돌아가려고요."

리외는 놀랐다.

"아니, 거기서 나오셨잖아요!"

"오해하게 했군요. 수용소 내에 행정 자원봉사자들이 있다고 들었는데⋯⋯."

판사는 그의 둥근 눈을 약간 굴리고서 한쪽 머리칼

을 눌러 두려 애를 썼다.

"그러면 바쁠 테니까요. 좀 어리석은 말로 들리겠지만, 그러면 아들과 헤어졌다는 느낌이 덜해질 것 같아요."

리외는 그를 바라보고 있었다. 그 딱딱하고 멋없는 눈 속에 갑자기 어떤 부드러움이 깃들 수 있을까? 그랬다. 그의 두 눈이 촉촉했고 금속 같은 날카로움도 사라졌다. 리외가 말했다.

"물론이죠. 원하시니 곧 알아보겠습니다."

의사는 이 일을 알아봐 주었다. 페스트에 휩싸인 도시의 삶은 성탄절까지 이어졌다. 타루는 어떤 일이 생겨도 계속해서 차분하게 효과적으로 일했다. 랑베르는 두 젊은 보조들을 통해서 아내와 비밀리에 서신을 주고받을 방편을 마련했다. 드문드문 아내의 편지도 받았다. 랑베르는 이 사실을 털어놓으며, 리외에게도 이 방법을 권했다. 의사는 받아들였다. 그는 몇 달 만에 처음으로 편지를 썼다. 생각보다 대단히 어려운 작업이었다. 마치 이미 다 까먹은 언어를 구사하려고 끙끙대는 기분이었다. 편지는 발송되었다. 답장은 늦게 도착했다. 코타르는 장사가 잘되었고 자질구레한 투기로 돈을 벌었다. 그랑에 대해 말하자면, 그에게는 좋지 못한 명절이 되었다.

그해 성탄절은 복음의 축제라기보다는 차라리 지옥의 축제였다. 텅 빈 불 꺼진 가게들, 진열장 속의 모형 초콜릿이나 빈 상자들, 어두운 얼굴들로 가득 찬 전차, 그 어느 것에서도 지난 성탄절을 떠올릴 수 없었다. 과거에는 그래도 부유하건 가난하건 모두가 함께 이 명절의 흥겨움을 즐겼다. 지금은 극소수 특권층들만 거금을 치르고 이 축제를 샀으니, 꾀죄죄한 가게 뒷방 깊숙이에서 그들만의 자리가 있었을 뿐이다. 성당에는 감사보다는 오히려 탄식이 넘쳐났다. 아직 자신들을 위협하는 것이 뭔지도 모르는 어린아이들만 몇몇이서 음울하고 얼어 버린 시내에서 뛰어놀고 있었다. 하지만 감히 누구도 그 아이들에게 신을, 인간의 고통만큼이나 오래되었지만 젊은이의 희망만큼이나 새로운, 선물을 가득 싣고 오는 예전의 신을 알려 주지 못했다. 이제 모두의 마음속에는 아주 늙고 우울한 희망을 위한 자리밖에 없었다. 그것은 사람들이 자신들을 죽음에 방치하는 것을 막는, 삶에 대한 단순 집착에 불과한 희망이었다.

성탄 전야에 그랑이 약속 시간을 어겼다. 걱정이 된 리외는 이른 새벽에 그의 집에 갔으나 만나지 못했다. 모든 사람이 촉각을 곤두세웠다. 11시경 병원에 온 랑베르가, 그랑이 '매우 초췌한' 모습으로 거리를 헤매는 것을 먼발치에서 보았는데, 잠깐 사이에 시야에서 놓쳤다고 말했다. 의사와 타루는 차를 타고 그랑을 찾으러 나섰다.

정오쯤에 리외는 차에서 내렸다. 얼어붙는 듯 추운 날씨였다. 저 멀리, 조잡하게 조각된 나무 장난감들로 가득 찬 어느 가게 진열장 앞에 바싹 붙어 선 그랑이 보였다. 이 늙은 공무원의 얼굴에 눈물이 하염없이 흘러내리고 있었다. 리외는 울컥했다. 이 눈물의 의미를 알고 있었기에, 그 역시 목구멍 깊숙한 곳에서 왈칵 눈물이 솟았던 것이다. 리외의 눈앞에, 아주 오래전에 한 젊은이가 성탄절에 맞게 차려입고 이 가게 앞에서 약혼하던 모습, 잔이 그를 돌아보며 기쁨을 터트리며 너무 행복하다고 말하는 모습이 떠올랐다. 먼 세월을 건너, 그 깊은 절망과 광기로부터, 그랑의 귓가에 잔의 생생한 목소리가 들리고 있는 게 분명했다. 리외는 이 늙은 남자가 그 순간 울면서 하고 있는 생각을 알 것 같

149

왔다. 그도 같은 것을 생각하고 있었다. 사랑이 없는 이 세상은 죽은 세상이나 마찬가지라는 것, 감옥, 일, 용기 등에 정말이지 진절머리가 난다는 것, 갈망하는 건 오직 사랑하는 이의 얼굴, 그 따스하고 감동적인 사랑의 마음뿐이라는 것을 말이다.

그랑이 유리에 비친 리외를 알아봤다. 계속 울면서 그는 돌아서서 진열장 유리에 등을 기대고 리외가 다가오는 것을 바라보았다.

"아, 선생님! 아, 선생님!"

리외도 아무 말도 할 수가 없었다. 그저 은근하게 고개를 끄덕여 다 이해한다는 마음을 표했다. 그 순간 리외는 그랑의 슬픔에 함께 슬펐다. 리외의 마음을 가득 채운 건 모두가 함께 겪는 고통과 마주했을 때 솟구치는 참을 수 없는 분노였다.

"네, 그랑 씨."

"아, 시간을 내서 그녀에게 편지를 쓸 수만 있다면! 그녀가 알 수 있게…… 그녀가 회한 없이 행복하게 살 수 있게……."

리외는 거의 강제로 그랑을 앞세우고 걸었다. 상대는 거의 끌려가듯이 몸을 내맡기더니 더듬거리며 말을 이었다.

"너무 길어! 너무 오래되었잖아요. 될 대로 되라는 생각이 들어요. 이러다가 언젠가 정말 그럴걸요. 아! 선생님! 내가 남들처럼 그런대로 침착해 보이죠. 하지만 나는 늘 그저 남들처럼 보이는 것에 얼마나 노력했는지 몰라요. 그런데 이제는, 음, 그것도 지쳤어요."

그는 딱 멈춰 섰다. 사지를 심하게 떨었고, 정신 나간 눈을 하고 있었다. 리외가 그의 손을 잡았다. 펄펄 끓었다.

"그랑 씨, 집에 돌아가야죠."

하지만 그랑이 그의 손길을 뿌리치더니 달리기 시작했다. 몇 발짝 못 가서 멈춰 서서는 두 팔을 벌리고 앞뒤로 휘청휘청 흔들었다. 그러고는 제자리에서 돌다가 차디찬 인도로 고꾸라졌다. 얼굴은 계속 흐르는 눈물로 범벅이 되어 있었다. 행인들이 급히 서더니 감히 더 다가가지 못하고 멀찍이서 그를 바라보고 있었다. 리외가 두 팔로 그 늙은 남자를 부축해야 했다.

그랑은 이제 자기 침대 속에서 숨을 가쁘게 쉬고 있었다. 폐 감염 증세였다. 리외는 곰곰 생각했다. '이 사내는 가족이 없는데, 병원으로 이송한다고 뭐 좋을 게

있을까? 나와 타루 씨가 그를 돌볼 수 있는 유일한 사람들일 텐데…….'

그랑의 머리는 베개에 폭 파묻혀 있었는데, 볼이 푸르스름하고 눈에 광채가 없었다. 그가 흐리멍텅한 눈빛으로 타루가 오래된 상자 부스러기들로 벽난로에 지핀 약한 불을 응시하고 있었다.

"몸이 안 좋아요."

그랑이 말했다. 그가 말할 때마다 불붙은 폐 깊숙한 곳에서 타다닥 불꽃이 튀는 듯한 이상한 소리가 났다. 리외는 그에게 말을 하지 말라고 타이르고, 곧 다시 오겠다고 말했다. 환자의 얼굴에 묘한 미소가 일더니, 아픈데도 불구하고 모종의 다정함이 얼굴에 나타났다. 그는 애써 윙크했다.

"만일 내가 여기서 벗어나면, 모자를 벗어 경의를 표해요, 선생님!"

하지만 그러고는 곧바로 탈진 상태에 빠졌다.

리외와 타루가 몇 시간 후에 다시 와 보니, 환자는 침대에서 반쯤 일어나 앉아 있었다. 리외는 그의 얼굴에 병세의 진전이 너무나 또렷하게 드러나 있어서 두려움을 느꼈다. 병의 불꽃이 그를 빠르게 태우는 듯했다. 하지만 환자의 정신은 훨씬 맑아진 듯해서, 그들을 보자마자 곧장 항상 서랍 속에 넣어 두는 원고를 좀 가져다 달라고 부탁했다. 타루가 원고를 건네주자 그는 그것을 쳐다보지도 않고 가슴팍에 대고 꼬옥 누르더니, 의사에게 내밀면서 읽어 달라는 몸짓을 했다. 50쪽 정도의 짧은 수기였다. 리외가 슬쩍 훑어보니 같은 문장을 수없이 다시 베끼고, 고치고, 가필하거나 삭제한 흔적밖에 없었다. '5월, 그달', '여기사', '숲의 오솔길들' 등등의 말들이 다양한 표현으로 바뀌어서 계속 대비되고 배열되어 있었다. 종종 아주 긴 여러 설명들과 문장 변화들도 포함되어 있었다. 그런데 마지막 쪽 끝부분에는 얼마 전에 쓴 듯 선명한 잉크로 또박또박 적은 글씨가 있었다.

「소중한 잔, 오늘이 성탄절이오……」

그 바로 위에 아주 공들인 필체로 앞 문장의 최종 문안이 실려 있었다.

"읽어 줘요."

그랑이 말했다. 리외가 읽었다.

"5월의 어느 아름다운 오전 나절, 한 날씬한 여기사가 화려한 알레잔 암말을 타고 꽃이 가득한 숲의 오솔

153

길들을 누비고 있었다……."

"그게 맞나요?"

열에 들뜬 목소리가 물었다. 리외는 그를 쳐다보지
않았다. 상대가 흥분해서 외쳤다.

"아! 잘 알겠어요. 아름다운, 아름다운, 그건 적절한
말이 아니에요."

리외는 이불 위로 그의 손을 잡았다.

"아뇨, 선생님. 너무 늦었어요. 시간이 없어, 시간이
……."

그의 가슴이 힘겹게 오르내렸다. 그러다가 그가 별
안간 소리를 질렀다. 크고 날카로운 소리였다.

"태워 버려요!"

의사는 주저했다. 하지만 그랑이 너무나 무서운 말
투와 괴로운 목소리로 거듭 요구하는 바람에, 방을 가
로질러서 벽난로로 가서 거의 꺼진 불 속에 원고를 던
졌다. 불꽃이 일며 방 안이 확 밝아졌고, 열기가 방을
덥혔다. 의사가 침대로 돌아오자 그는 등을 돌린 채 얼
굴을 거의 벽에 붙이고 있었다. 타루는 국외자처럼 창
밖을 내다보고 있었다.

리외는 혈청주사를 놓고 방을 나와서, 친구에게 그

랑이 밤을 못 넘길 거라고 말했다. 그러자 타루가 자신이 남아 있겠다고 자청했다. 의사는 허락했다.

리외는 밤새 그랑이 죽는 생각에 시달렸다. 하지만 이튿날 아침, 리외는 침대 위에 일어나 앉아 있는 그랑을 보았다. 그는 타루와 이야기를 나누고 있었다. 신열이 사라졌다. 전신 탈진 증세만 남아 있었다. 그랑이 말했다.

"아! 선생님, 내가 너무 성급했어요. 그렇지만 괜찮아요. 다시 시작할 겁니다. 다 기억하고 있거든요, 두고 보세요."

리외는 타루에게 반신반의하며 이렇게 말했다.

"기다려 봅시다.".

하지만 정오에도 아무런 변화가 없었다. 저녁에 그랑은 완전히 고비를 넘겼다고 볼 수 있었다. 리외는 그런 회복이 전혀 이해되지 않았다.

그런데 거의 같은 시기에 병원에 한 소녀가 이송되었다. 리외는 병세가 절망적이라고 진단하고 곧바로 격리 병동으로 보냈다. 소녀는 완전히 혼수상태였고, 폐페스트의 온갖 증세를 보였다. 그런데 그다음 날 아침에 신열이 감쪽같이 내렸다. 의사는 이번에도 그랑의 사례에서처럼, 아침 녘의 일시적인 병세 완화일 뿐 여전히 예후가 좋지 않다고 생각했다. 하지만 정오가 되어도 신열은 다시 오르지 않았고, 밤에는 겨우 소수점 이하의 체온만 올랐다가, 그다음 날 아침에는 말끔히 가셔 있었다. 소녀는 기진맥진한 상태였지만 호흡은 자유로웠다. 리외는 타루에게 그녀가 '모든 법칙을 거슬러서' 살아났다고 말했다. 하지만 그 주에 리외의 관할 부서에서만 유사한 사례가 네 건 나타났다.

바로 그 주가 끝날 때쯤, 늙은 천식 환자가 몹시 흥분한 기색으로 리외와 타루를 맞이했다.

"됐어요! 그것들이 다시 나와요!"

"누가요?"

"아, 쥐들 말이에요, 쥐!"

4월 이후로 죽은 쥐는 단 한 마리도 발견되지 않고 있었다.

"또 나올까요?"

타루가 리외에게 물었다. 노인은 손을 비벼 댔다.

"그것들이 뛰어다니는 것을 봐야 해요, 선생님! 야, 진짜 기분이 좋아진다니까요."

그는 직접 쥐 두 마리가 거리로 난 문을 통해 집으로

들어오는 것을 목격했다. 이웃 사람들이 자신들 집에
도 그 짐승들이 다시 나타났다고 했다. 어떤 서까래에
서는 몇 달 전부터 잊고 지냈던, 익숙한 바스락 소리가
다시 들렸다. 리외는 매주 월요일에 있는 전체 통계의
발표를 기다렸다. 통계에서 병의 감소세가 보였다.

제5부

병의 이러한 급격한 퇴각은 반가운 만큼이나 전혀 기대하지 못했던 일이었기에, 우리 시민들은 선뜻 기뻐하지는 않았다. 지난 잔인한 몇 개월 동안, 해방에 대한 욕망이 커지는 한편에서 신중함을 배웠기 때문에, 전염병이 곧 끝날 거라는 성급한 기대를 점점 덜하도록 길들여졌다. 하지만 동시에 이 새로운 소식으로 도시 전체가 수군거렸고, 마음 깊은 곳에서 밖으로 내뱉지 못했던 커다란 희망이 꿈틀거리기 시작했다. 다른 일들은 모두 뒤로 밀렸다. 여전히 매일 새로운 환자들이 생기고 있었지만 사망자 수 통계가 내려가고 있다는 엄청난 사실에 비한다면 별 의미가 없었다. 드러내 놓고 건강하던 황금기로 돌아가고 싶다고 말하진 않았지만 다들 은근히 기대하고 있었다는 징조는, 우리 시민들이 아직 별 관심 없는 척했지만 페스트 후에 어떤 식으로 삶이 재구성될지에 대해 기꺼이 이야기를 나누기 시작했다는 것이다.

모두들 과거의 편했던 생활이 단번에 복구될 리는 만무하고 파괴가 재건보다 훨씬 더 빠르고 쉽다는 데 의견을 같이했다. 다만 식량 조달 상황은 좀 나아지겠거니 기대했으니, 그것이 모든 가정의 가장 시급한 걱정거리였던 것이다. 하지만 사실 이런 사소한 기대들을 뛰어넘는 터무니없이 과한 희망들도 덩달아 굴레를 벗었고, 그 정도가 하도 심해서 우리 시민들은 종종 이런 사실을 자각하게 되면 '내일 당장 해방되는 건 아니다'라고 급히 언명하기도 했다.

실제로 페스트는 하루아침에 뚝 멈추지 않았다. 다만 우리가 상식적으로 기대했던 것보다는 확실히 빠르게 약해지고 있었다. 1월 초순 동안, 여느 때와 달리 강추위가 오래 자리를 잡고 오랑 시를 꽁꽁 얼리는 듯했다. 하늘이 그렇게 푸르렀던 적은 없었다. 수일간 그 얼음처럼 투명한 광채가 우리 시를 밝게 뒤덮었다. 깨끗한 대기 속에서 페스트가 힘을 잃었는지, 사망자 수가

3주 연속 뚝뚝 떨어졌다. 짧은 시간 사이에 페스트는 여러 달 걸려 축적한 대부분의 힘을 잃었다. 리외가 치료한 그랑이나 소녀처럼 다 된 먹잇감들을 놓치고, 어떤 동네에서는 이삼일간 기승을 부리지만 다른 동네에서는 완전히 사라지고, 월요일에는 희생자의 수가 2배가 되었다가 수요일에는 대부분이 피해 가게 놔두고 하는 것을 볼 때, 또한 이처럼 페스트가 숨 가빠하거나 서두르는 것을 볼 때, 페스트는 신경질과 피로에 의해 붕괴되어 스스로를 통제하지 못함과 동시에 강점이었던 수학적이고 지고한 효율성을 잃고 있다고 말할 수 있었다. 그때까지 그렇게나 실패했던 카스텔의 혈청이 단숨에 연이은 성공을 거두고 있었다. 의사들이 아무리 처방해도 성과를 낳지 못했던 각각의 조치들이 갑자기 확실한 효과를 올렸다. 이번에는 페스트가 쫓겨다니고, 그 갑작스러운 허약함에 그때까지 페스트에 패했던 무딘 무기들이 힘을 얻는 듯했다. 가끔 병이 건잡을 수 없이 거세져서 완치를 기대하던 서너 명의 환자를 앗아 가기도 했다. 정말 불운한 사람들, 희망이 부풀 때 불시에 페스트에게 희생된 사람들이었다. 예방 격리 수용소에서 퇴소했던 오통 판사가 이런 경우였다. 타루가 "그는 운이 없었어"라고 말했는데, 판사의 죽음을 말한 것인지, 아니면 그의 삶을 염두에 두었는지는 알 수 없었다.

하지만 전체적으로 보아 모든 전선에서 감염이 퇴각하고 있었다. 도청의 공보들은 처음에는 소심하고 은근한 소망만 언급하다가 급기야 '승리했다, 병이 자기 진지들을 버리고 있다'는 시중의 믿음을 확인해 주었다. 그런데 사실상 승리라고 부르기에 애매한 면이 있었다. 뚜렷한 설명을 내놓지 못하고, 올 때처럼 똑같이 슬그머니 떠나가고 있었기 때문이다. 우리의 대응 전략은 바뀌지 않았는데, 그냥 어제는 패했고 오늘은 이기고 있었다. 병이 제풀에 지쳤거나 어쩌면 모든 목적을 달성한 후에 스스로 물러가고 있다는 인상뿐이었다. 그러니까 병의 역할은 끝났던 것이다.

그렇다고 해도 시내는 거의 아무런 변화가 없었다. 거리가 낮에는 조용하다가 저녁에 여느 때와 비슷한 수의 군중이 몰려들었는데, 다만 외투와 목도리 차림을 한 사람들의 수가 압도적이었다. 영화관과 카페의 영업은 여전했다. 하지만 더 가까이에서 보면, 사람들의 얼굴이 한결 더 느긋해지고 가끔은 미소도 지었다.

그러면 페스트가 발생한 후로 거리에서 아무도 미소를 짓고 있지 않았다는 사실에 새삼 놀랐다. 실제로 몇 달 전부터 시는 투명한 장막 아래 덮여서 질식해 가고 있었는데, 이제 막 한 부분이 찢겼고, 월요일마다 라디오 보도를 통해 틈이 더 커져 가고 있었다. 곧 자유롭게 숨 쉴 수 있을 것 같았다. 이것은 아직 실생활에 즉각적인 영향은 없는, 걱정거리만 없어진 위안감이었다. 하지만 1달 전에 기차가 떠난다든지 배가 도착한다든지 자동차 운행이 재개된다든지 하는 소식을 들었더라면 안 믿었을 텐데, 지금 1월 중순에 그런 발표가 난다면 반대로 아무도 놀라지 않을 것이었다. 이런 변화들은 가벼운 수준이다. 하지만 이런 가벼운 차이로 우리 시민들의 소망의 길은 얼마나 넓어지는지 모른다. 게다가 아주 미미한 희망이라도 시작된 순간, 페스트의 실질적인 군림은 끝난 것이다.

하지만 1월 내내 우리 시민들의 반응이 오락가락했던 게 사실이다. 더 정확히 말하자면, 극도의 낙관과 지독한 비관을 번갈아 가며 겪었다. 그래서 통계 수치가 가장 희망적이던 바로 그 시점에, 새로운 탈출 시도들이 기록적으로 늘었다. 당국과 해당 감시 초소들은 크게 놀랐다. 왜냐하면 대부분의 탈출이 성공했기 때문이었다. 그런데 사실 그 시기에 탈출했던 사람들은 본능적인 감정을 따르고 있었다. 어떤 이들은 페스트 시기에 깊은 비관주의를 얻고 본성이 되어 버렸다. 그래서 희망을 가지는 것이 불편해졌다. 페스트의 시대가 끝나 가는데, 그들은 계속 이 페스트를 기준으로 삼아 살고 있었다. 시대의 추이에 뒤처져 있었다. 이와는 정반대의 부류들은 주로 사랑하는 존재들과 생이별을 경험한 이들로, 장기간의 유폐와 낙심을 겪은 후에 일어나는 희망의 바람에 모든 자제력을 잃고 열광과 초조함에 휩쓸려 버리는 것이었다. 그들은 일종의 돌발적인 공포감을 느끼는 것으로 '목표에 거의 다 왔는데, 지금 자칫 죽기라도 해서 못 보면 어쩌지? 이 오랜 고통에 보상받지 못하면 어쩌지?' 하는 생각이 덮쳤던 것이다. 그들은 여러 달의 감옥살이와 귀양살이를 은근한 끈기로 버텨 왔는데, 처음 품게 된 희망이 공포나 절망도 망가뜨리지 못했던 것을 파괴했다. 마지막 순간까지 페스트에 보조를 맞출 수 없었던 그들은 페스트를 앞지르려고 미친 사람들처럼 서둘렀다.

한편 이 시기에 수많은 낙관적 징후들이 저절로 나

타났다. 물가가 현저하게 떨어지는 현상이 그중 하나였다. 순수경제학의 관점에서는 이런 동향은 설명이 안 된다. 어려움은 그대로였고, 관문의 방역 격리 체제도 여전해서 물자 배급 개선까지는 아직 요원한 상태였다. 따라서 사람들은 마치 페스트의 후퇴가 도처에서 반영되는 것과 같은 순전히 심리적인 현상을 목도한 것이다. 이와 동시에 원래 집단생활을 하다가 병 때문에 서로 떨어졌던 사람들에게 낙관주의가 번졌다. 시의 두 수도원이 다시 활동하기 시작하며 공동생활을 재개했다. 군인들도 마찬가지였다. 그들은 빈 병영에 재집결했고, 정상적인 병영 생활을 재개했다. 이런 작은 일들이 큰 징조들이었다.

주민들은 1월 25일까지 이런 은밀한 동요 속에서 지냈다. 그 주에 통계 수치가 아주 낮아지자 도청은 의사 협회의 자문을 구한 후 '전염병이 제거된 것으로 간주될 수 있다'고 공표했다. 거기에 주민들은 반드시 찬성하겠지만 신중을 기하는 취지에서, '관문 폐쇄는 2주, 예방 조치들은 1개월 더 유지된다'고도 덧붙였다. 이 기간 중에 위기가 재발할 징후가 조금이라도 나타나면 '현 상태'가 유지되어야 했고 또 조치들은 그 이후에도 유효했다. 하지만 모두가 이구동성으로 이런 추가 항목들을 형식적인 조항들로 간주했다. 그래서 1월 25일 저녁 즐거운 소동이 도시를 가득 채웠다. 도지사는 전반적인 기쁨에 부응하고자 거리 조명을 이전으로 복구하라는 명령을 내렸다. 차갑고 깨끗한 하늘 아래에서 우리 시민들은 떠들썩하고 웃음이 가득한 무리를 지어 불이 환하게 켜진 거리로 쏟아져 나왔다.

물론 여전히 덧문이 닫힌 집들이 보였고, 그렇게 조용히 집 안에 앉아서 바깥의 기쁜 환호성에 귀를 기울인 이들도 많았다. 그렇지만 상중인 집에서도 깊은 안도감이 퍼져 갔는데, 가족 구성원들이 강제로 끌려가는 모습을 더 이상 보지 않아도 되었기 때문이거나, 아니면 마음속에 늘 있던 개인적인 불안감의 그늘이 걷혀서였다. 이 도시의 기쁨에 대해 가장 이질적인 태도를 보인 이들은, 바로 그 시각 가족 구성원 중 누군가가 병원에서 페스트와 씨름하고 있어서, 예방 격리처나 집에 머물고 있던 가족들로, 재앙이 남들에게 끝났듯이 자신들에게도 끝나기를 바랐다. 분명히 이들도 희망을 품었지만, 그것을 아껴 창고에 간직해 두었고, 진정으로 그럴 권리가 생길 때까지 꺼내 쓰지 않고 있었다. 고뇌와 기쁨의 중간 지점에서의 이런 기다림, 이런 침묵에 싸인 전야를 환희의 한복판에서 맞자니, 더 잔인하고 괴롭게 느꼈다.

하지만 이런 예외들로 대중의 만족감이 줄지는 않았다. 분명 페스트는 아직 끝나지 않았고, 끝나지 않았음은 앞으로 증명될 것이다. 하지만 이미 그들의 머릿속에서 몇 주나 앞서서 기차들이 기적을 울리며 바깥 세상으로 향하는 끝없는 철로 위를 달리고 있었고, 선박들이 항구를 떠나 빛나는 바다로 나가고 있었다. 다음 날 아침이면 사람들의 정신은 더 차분해지고 의혹이 되살아날지도 모른다. 하지만 그 순간만큼은 시 전체가 뒤흔들리고 있었고, 돌 같은 뿌리를 뻗어 둔 어둡고 움직임 없는 유폐지를 떠나 생존자들을 싣고 드디어 '약속의 땅'을 향해 나아가기 시작했다. 그날 저녁 타루, 리외, 랑베르, 그리고 많은 동료들이 함께 군중 사이에서 걸었는데, 그들 역시 발 디딜 틈도 없다는 느낌을 받았다. 한참 전에 대로를 벗어나서 인적 없는 골목길로 접어들어 덧창이 닫힌 창문들을 따라 걸을 때도, 등 뒤로 기쁨의 함성이 따라왔다. 그들은 피로 때문에 덧창 뒤에 숨은 괴로움과 도심 대로를 채운 기쁨을 분

리시킬 수가 없었다. 그래서 다가오고 있는 해방에는 웃음과 눈물이 뒤섞였다.

웅성거림이 더 크고 더 즐겁게 울려 퍼진 한순간, 타루가 멈춰 섰다. 어두운 포장도로 위를 뭔가가 휙 달려가고 있었다. 고양이, 지난봄 이후에 처음으로 보는 고양이였다. 고양이는 도로 한복판에서 잠시 움직이지 않고 망설이더니, 한쪽 발을 핥고 그 발로 재빨리 오른쪽 귀를 문지르고는 다시 소리 없이 달려가 어둠 속으로 사라졌다. 타루는 미소를 지었다. 키 작은 노인 역시 만족할 것이다.

***

하지만 어느 미지의 굴에서 슬그머니 나왔던 페스트가 그곳으로 되돌아가려는 듯 점점 멀어져 가던 그 시기에, 시내에서 적어도 한 사람은 페스트의 후퇴에 망연자실했다. 타루의 수첩을 믿자면, 그것은 코타르였다.

사실을 말하자면, 이 수첩은 통계 수치가 내려가기

시작하던 때부터 상당히 이상해지고 있었다. 피로 때문인지 글씨가 읽기 어려워지고 너무 자주 이 화제에서 저 화제로 넘어갔다. 게다가 처음으로 객관성을 잃고 개인적 생각들이 주를 이뤘다. 코타르의 사례와 관련된 꽤 긴 부분의 중간에 끼어 있는, 고양이들과 장난하는 노인에 대한 짧은 보고문이 그렇다. 타루의 이 노인에 대한 흥미는 페스트에도 줄지 않았고, 페스트가 끝나가는 이 시점에도 똑같았다. 그런데 불행히도 이 인물은 더 이상 그의 흥미를 끌 수 없게 되었다. 타루 자신의 호의가 준 것은 아닌 게, 타루는 이 노인을 다시 보려고 애썼기 때문이다.

1월 25일 저녁이 있고 며칠 후, 타루는 그 작은 길의 한 모퉁이를 노려보고 있었다. 고양이들은 예전처럼 저쪽 따뜻한 양지에서 몸을 녹이고 있었다. 하지만 평소와 같은 시간이 되어도 덧창이 굳게 닫혀 있었다. 며칠이 지나도 여전히 열리지 않았다. 그래서 타루는 키작은 노인이 화가 났거나 죽었다는 기이한 결론을 내렸다. 화가 났다면, 노인이 자기는 옳게 행동했는데 페스트가 자신에게 해를 끼쳤다고 생각했기 때문이리라. 죽었다면, 늙은 천식 환자에 대해서와 마찬가지로 그도 과연 성자였는지 생각해 보아야 한다. 타루는 그렇게 생각하지 않았지만, 다만 노인에게 어떤 '표식'을 본 듯하기는 했다. 그는 수첩에 이렇게 적었다.

「어쩌면 우리는 오직 성스러움의 근사치까지만 다가갈 수 있을 뿐이다. 그렇다면 절제되고 자비로운 어떤 악마주의에 만족해야 할지 모른다.」

수첩에는 코타르에 대한 관찰 내용들이 여러 사람들의 내용과 섞여서 여기저기서 소개되었다. 아무 일도 없었다는 듯 회복해서 다시 일을 시작한 그랑 이야기도 있고, 리외 부인 이야기도 있었다. 같은 집에서 살면서 주고받았던 대화들, 노부인의 자태, 페스트에 대한 그녀의 견해 등이 상세히 적혀 있었다. 타루가 특히 강조하고 있는 것은 리외 부인의 겸손한 태도, 모든 것을 간단하게 표현하는 언어 습관, 그녀가 특별히 좋아하던 창가의 자리, 그러니까 황혼 무렵이면 꼿꼿한 자세로 두 손을 무릎 위에 가만히 모으고 앉아서 자신의 실루엣이 점점 회색빛으로 짙어지다가 검은 그림자로 바뀔 때까지 조용한 창밖 거리를 주의 깊게 바라보던 모습을 적었다. 그녀가 이 방에서 저 방으로 옮겨 다닐 때의 모습은 '경쾌하다'고 표현했다. 타루 앞에서 분명히 드러내 보인 적은 없지만 그녀의 말과 행동에서 부드럽게 번뜩이는 선량함, 깊은 성찰까지 하지 않아도 모든 것을 다 아는 지혜, 수수하고 조용하지만 어떤 빛 앞에서도 (심지어 페스트의 빛이라 해도) 움츠러들지 않는 당당함 등이 묻어났다.

그런데 여기서 타루의 글씨는 이상하게도 비뚤어지는 기미를 보였다. 이어지는 줄들은 읽기 어려웠고, 이런 비뚤어짐의 새로운 증거를 주려는 듯이 마지막 이야기는 처음으로 개인적인 것이었다.

「나의 어머니는 그런 분이셨다. 나는 어머니의 겸손함이 좋았고, 늘 어머니를 다시 만나고 싶었다. 8년이 지났지만 아직도 어머니가 돌아가셨다는 말을 못 하겠다. 어머니가 평소보다 조금 더 얌전하게 계실 뿐이라고 생각하다가, 뒤를 돌아보면 어머니는 더 이상 거기에 안 계셨다.」

그런데 코타르의 이야기로 돌아가야 한다. 코타르는 통계 수치가 내려가기 시작한 때부터 이런저런 구실로 리외를 몇 차례 방문했다. 하지만 사실 그가 정말로 원한 건, 향후 전염병의 진행에 대한 리외의 의견이었다.

"이 병이 이렇게 느닷없이, 예고도 없이 끝날 거라고

생각하세요?"

그는 자신은 회의적이라고 했고, 평소에도 그렇게 말하고 다녔다. 하지만 그토록 반복적으로 묻는다는 건, 확신이 약하다는 뜻이었다. 1월 중순부터 리외는 꽤 낙관적인 대답을 주었다. 그런데 매번 이 대답에 코타르는 기뻐하기는커녕 불쾌감부터 우울증에 이르는 반응들을 보였다. 그 뒤로 의사는 그에게 '통계 수치는 유리해 보이지만 아직 승리를 외치기에는 너무 이르다'고 말하게 되었다.

"달리 말하면, 알 수가 없다는 거네요. 오늘이나 내일 재개될 수도 있고요. 그렇죠?"

코타르가 지적했다.

"그래요. 같은 이유로 치유 속도가 더 빨라지는 것도 가능하고요."

상황의 불확실성은 모든 사람을 불안하게 만들었지만, 코타르는 오히려 눈에 띄게 안심하는 기색이었다. 그는 타루 앞에서 자기 동네의 상인들에게 말을 걸어 리외의 의견을 전파하려고 애쓰기도 했다. 별로 어려운 일은 아니었다. 그도 그럴 것이 첫 승리의 열광 이후 많은 사람의 머릿속에서 도청의 발표가 야기했던 흥분

보다 오래가기 마련인 모종의 의심이 다시 나타나고 있었기 때문이다. 코타르는 이런 불안한 광경에 안심했다. 그리고 때로는 낙담했다.

"예, 조만간 관문들은 결국 열릴 겁니다. 그러면, 두고 보세요, 사람들은 땔감으로 써서 태워 버릴 겁니다!"

그가 우울하게 타루에게 말했다.

1월에 들어서면서 모든 사람이 눈치챌 정도로 코타르는 안절부절못했다. 그는 동네 사람들이나 지인들과 함께 잘 어울리다가도 심하게 싸우고 며칠씩 대립했다. 타루가 보기에, 그는 세상과 연을 끊은 듯 침울하게 제 속으로 파고들었다. 단골 식당이며 극장, 카페에서 그를 볼 수가 없었다. 그렇다고 그가 전염병 이전에 영위했던 조심스럽고 은밀한 생활로 돌아간 게 아니었다. 그저 아파트에만 틀어박혀 지냈고 식사도 근처 식당에서 시켜 먹었다. 저녁에만 몰래 외출해서 필요한 물건들을 샀고, 가게를 나오면 한적한 거리를 달음박질해서 집으로 돌아갔다. 타루가 한두 번 마주쳐서 말을 걸었지만 무뚝뚝한 단음절 대답들만 돌아왔다. 그러다가 어느 날은 별안간 사교적으로 변해서는, 페스트 이야기를 잔뜩 하면서 의견을 구했고, 무척 신나게 군중들과 섞여서 돌아다녔다.

도청의 발표가 있었던 1월 25일 밤, 코타르는 다시 거리에서 사라졌다. 이틀 후에 타루는 거리를 어슬렁 거리는 그와 마주쳤다. 코타르가 변두리까지 같이 가 달라고 부탁했는데, 타루는 망설였다. 유난히 피곤한 하루의 끝이었던 것이다. 하지만 상대방은 막무가내로 졸랐다. 몹시 흥분했는지 몸짓이 컸고 말소리도 아주 크고 빨랐다. 그는 도청의 발표로 정말 페스트에 종지 부가 찍혔다고 생각하느냐는 물음으로 말문을 열었다. 타루는 행정적 공표가 그 자체만으로 재앙을 멎게 하 는 건 아니지만, 예기치 못한 사고만 안 생긴다면 전염 병이 곧 끝난다는 생각을 당연히 할 수 있다고 평가했 다. 코타르는 이렇게 말했다.

"그래요, 예기치 못한 사고. 사고야 늘상 일어나잖아 요. 안 그래요?"

타루는 당국이 그런 경우까지 대비해서 관문 개방을 2주간 유예한 것이라고 지적했다. 코타르는 잔뜩 흥분 한 어조로 소리쳤다.

"그러게 얼마나 현명한 조치예요! 상황이 흘러가는

걸 보니까, 당국이 종식 선언을 번복해야 할 판이라니까요."

타루는 그럴 가능성이 있다는 것에 동의했지만, 그래도 관문 개방과 일상으로의 복귀가 임박했다고 내다보는 것이 훨씬 낫다는 생각이었다.

"그래요, 그렇다고 치죠. 그런데 일상으로의 복귀라니, 무슨 뜻으로 한 말인가요?"

타루가 씩 웃었다.

"영화관에 새 영화가 들어온다는 거죠."

코타르는 웃지 않았다. 그는 페스트 때문에 바뀌는 게 전혀 없이 이 도시의 생활이 예전으로 똑같이 돌아갈지, 다시 말해 정말 아무 일도 없었던 것처럼 될 수 있을지 궁금해했다. 타루 생각에는 페스트가 도시를 바꾸기도 했고 못 바꾸기도 했다. 우리 시민들이야 물론 아무것도 안 바뀌었기를 강하게 희망하고, 실제로 어떤 측면들은 아무것도 안 바뀔 것이다. 하지만 다른 측면에서 보면, 사람은 아무리 의지가 강해도 모든 것을 잊을 수는 없으니, 페스트의 흔적은 마음속에 어떻게든 남을 것이었다. 이에 키 작은 하숙인은 자기는 마음에 관심이 없다고, 사실 전혀 신경 쓰지 않는다고 매몰차게 대꾸했다. 그의 관심사는 조직 자체가 몽땅 바뀔 수 있느냐는 거였다. 예를 들어, 공공 기관이 과거처럼 기능하겠느냐는 거였다. 타루는 그 점에 대해서는 아는 바가 전혀 없다고 시인하고서, 그래도 페스트라는 대격변을 겪은 마당인데 정상화되는 데까지 조금 시간이 지체되지 않겠느냐고 말했다. 거기다가 온갖 종류의 새로운 문제들도 발생할 테니, 최소한 일부 조직들은 재편될 필요도 있어 보였다.

코타르는 고개를 끄덕였다.

"아! 정말 그렇겠네요. 사실은, 모두가 새로 시작해야 할 거예요."

두 산책자는 코타르의 집 근처에 이르렀다. 코타르는 활기를 되찾은 듯했고 애써 낙관론을 믿으려고 애썼다. 확실히 그는 과거를 깨끗이 지우고 깨끗한 백지 상태에서 다시 시작하는, 새로운 단계로 접어드는 도시를 그리고 있었다. 타루가 웃었다.

"그래요. 딱 그렇게 모든 일들이 당신에게 맞게 잘 정리될 거예요. 누가 알아요? 어떤 식으로든 우리 모두에게 새 삶이 시작되는 겁니다."

그들은 코타르의 집 문 앞에서 악수했다.

"맞아요, 백지 상태에서 다시 시작하는 것은 굉장한 일일 겁니다."

코타르가 점점 더 흥분했다.

갑자기 어두운 복도에서 두 남자가 불쑥 나타났다. "이 짭새들이 뭘 원하지?" 타루는 옆에서 중얼거리는 소리를 들을 겨를도 없었다. 문제의 남자들은 잘 차려입은 사복형사 같은 모습이었는데, 다짜고짜 당신 이름이 코타르냐고 물었다. 코타르는 묵직한 탄성 같은 것을 내지르더니 몸을 돌렸고, 그들이나 타루가 손짓한 번 해 볼 새도 없이 어둠 속으로 줄행랑쳤다. 타루와 두 남자는 놀라서 한참을 말없이 서로 바라보았다. 그러고 나서 타루는 두 남자에게 뭘 원하느냐고 물었다. 그들은 '조사할 일'이 있어서 그런다고 애매하게 둘러대더니 태연하게 코타르가 간 쪽으로 걸어갔다.

집에 돌아온 타루는 이 특이한 사건을 적은 뒤에 곧바로 '오늘 무척 피곤(글씨에서 충분히 느껴졌다)'이라고 적었다. 덧붙여서, 아직 할 일이 많이 남았지만 이것이 '준비하고 있지 않아도 될' 이유는 될 수 없다면서 "나는 준비되어 있는가?" 하고 자문했다. 그리고 추신처럼 대답을 적었는데, 밤낮 구분 없이 어떤 특정한 시간이 되면 인간이 가장 비겁해지는데, 자신이 두려워하는 것은 그런 시간뿐이라고 했다. 타루의 수첩은 여기서 끝났다.

*　*　*

이틀 후, 관문 개방까지 아직 며칠 남은 어느 날, 의사 리외는 기다리던 전보가 와 있을지 궁금해서 정오에 집으로 돌아왔다. 그의 일과는 페스트가 기승을 부릴 때와 마찬가지로 여전히 힘들었지만, 해방이 임박했다는 기대감에 피로가 싹 가셨다. 희망이 생겼고, 그래서 삶의 기쁨이 샘솟았다. 항상 힘과 의지를 한계치까지 끌어올리고 안간힘을 쓰며 살 수는 없는 법이다. 투쟁을 위해 끌어모았던 모든 신경과 근육을 마침내풀어 버릴 때 참 즐겁다. 전보가 기다리던 좋은 내용이라면, 리외도 다시 시작할 수 있을 것 같았다. 안 그래도 주위의 모두가 다시 새롭게 시작하고 있었다.

리외는 수위실 앞을 지나갔다. 새로 온 수위가 유리창에 얼굴을 착 붙이고 내다보며 그에게 미소를 지었다. 계단을 올라가는데, 피로와 영양부족으로 창백하긴 했지만 웃고 있던 수위의 얼굴이 자꾸 눈앞에 맴돌았다.

그래. 이 추상의 시기가 끝나면 리외 자신도 새롭게 시작하리라. 그런 행운이 따라 줄까?

이런 생각들을 하며 현관문을 여는데, 어머니가 복도까지 마중 나와서 말했다. "타루 씨가 몸이 안 좋구나." 타루는 아침에 평소처럼 일어났는데, 나갈 수가 없어서 다시 자리에 누웠다. 리외 부인은 불안해 했다. 아들이 안심시켰다.

"별로 심각한 건 아닐 거예요."

타루는 침대에 반듯하게 누워 있었는데, 머리는 베개에 푹 파묻혔고, 두꺼운 이불 아래로 두툼한 몸통이 뚜렷이 드러났다. 신열이 있었고 두통으로 괴로워했다. 그는 리외를 보더니, 확실하진 않지만 페스트 증세 같기도 하다고 말했다. 리외는 그를 진찰하고 나서 이렇게 말했다.

"아니, 아직 아무것도 확실하지 않아요."

하지만 타루는 심한 갈증에 시달렸다. 복도에서 의사는 어머니에게 페스트일 수 있다고 말했다. 그녀가 탄식했다.

"아! 이럴 수가, 지금에 와서!"

그러고 나서 곧바로 이렇게 말했다.

"집에 있게 하자, 베르나르야."

리외는 생각해 보았다.

"전 그럴 권리가 없어요."

그러더니 애매하게 덧붙였다.

"그런데 관문들이 곧 열리잖아요. 정말 어머니만 여기 안 계신다면, 저도 그렇게 했을 것 같아요."

"베르나르야, 집에서 간호하자. 나도 그냥 있게 해 주고. 내가 얼마 전에 새로 백신을 맞았다는 걸 잘 알잖니?"

의사는 타루도 백신을 맞았다는 점을 지적한 후에, 어쩌면 피곤해서 바로 직전의 혈청주사를 빼먹었거나 몇 가지 주의 사항을 잊었던가 보다고 말했다. 리외는 그렇게 말하면서 이미 진료실로 들어가고 있었다. 그가 침실로 돌아왔을 때 타루는 그가 큼직한 혈청 병을 들고 있는 것을 보았다.

"아! 역시 페스트군요."

"아뇨. 하지만 예방 차원에서입니다."

타루는 대답 대신 말없이 팔을 내밀어 자기가 다른 환자들에게 수없이 놓았던 그 긴 주사를 맞았다.

"오늘 저녁에 상태를 봅시다."

리외와 타루의 시선이 마주쳤다.

"격리는요, 리외?"

"페스트에 걸린 건지 전혀 확실치 않아요."

타루는 애써 미소를 지었다.

"혈청주사를 놓으면서 격리 지시를 같이 안 내리는 건 처음인데요."

리외가 시선을 돌려 버렸다.

"어머니와 내가 간호할 거예요. 여기가 훨씬 나을 겁니다."

타루가 입을 다물자 의사는 혈청 병을 정리하면서 그가 무슨 말이라도 하면 돌아서려고 기다렸다. 하지만 타루는 아무 말도 하지 않았다. 결국 그가 침대 쪽으로 몸을 돌렸다. 환자가 그를 보고 있었다. 얼굴은 피곤해 보였지만 회색빛 눈은 담담했다. 리외가 그를 내려다보며 미소 지었다.

"가능하면 잠을 자요. 곧 다시 올게요."

방을 나가려는데 타루가 부르는 소리가 들렸다. 그

가 타루 쪽으로 돌아섰다. 타루의 태도가 이상했다. 말을 할까 말까 고민하는 것 같았다.

마침내 그가 한 음절씩 또박또박 말했다.

"리외, 전부 말해 줘야 해요. 그럴 거라고 믿을게요."

"약속할게요."

상대방의 큼직한 얼굴에 짧은 미소가 스쳤다.

"고마워요. 난 죽고 싶지 않으니 싸울 겁니다. 하지만 이미 진 거라면 깨끗하게 끝마치고 싶어요."

리외가 몸을 숙여서 그의 어깨를 잡았다.

"아뇨. 성자가 되려면 살아야죠. 그러니 싸워요."

오전에 매서웠던 추위가 조금씩 수그러졌다가, 오후가 되니 비와 우박이 세차게 쏟아졌다. 황혼 녘에는 하늘이 약간 개고 추위가 더 심해졌다. 리외는 저녁에 집에 돌아왔다. 그는 외투도 벗지 않고 친구의 방으로 들어갔다. 리외의 어머니는 뜨개질을 하고 있었다. 타루는 움직이지 않는 듯했지만 신열 때문에 허옇게 된 입술이 그가 버텨 내고 있는 싸움을 말해 주고 있었다.

"어때요?"

의사가 물었다. 타루는 이불 밖으로 나와 있는 두툼한 어깨를 약간 으쓱했다.

"지금 경기에서 지고 있어요."

의사가 그에게로 몸을 숙였다. 몹시 뜨거운 피부 아래에 신경절이 맺혀 있었고, 가슴에서는 땅속 대장간의 풀무 소리가 울리는 것 같았다. 타루는 특이하게도 두 종류의 증세를 보이고 있었다. 리외는 몸을 일으키며, 혈청이 아직 효력을 다 발휘할 시간이 없었다고 말했다. 타루가 몇 마디 하려고 했지만, 신열이 목구멍으로 치솟으며 그 말을 삼켜 버렸다.

저녁 식사 후, 리외와 어머니는 환자 옆에 와서 앉았다. 리외는 밤은 싸움이 시작되는 시간이고, 페스트 전령과의 힘든 싸움이 새벽까지 계속될 것임을 알고 있었다. 이 싸움에서는 타루의 단단한 어깨와 넓은 가슴이 별 소용이 없었다. 오히려 리외가 조금 전에 주삿바늘로 솟구치게 한 피와 그 핏속에 있는 영혼보다도 더 내밀하고 어떤 과학도 밝힐 수 없는 그 뭔가가 중요했다. 의사가 할 수 있는 일은 거기 앉아서 그저 친구가 싸우는 것을 보고 있는 것뿐이었다. 그가 하려던 일, 즉 화농 촉진술, 필수적인 강장제 주입 등은 여러 달 동안의 거듭된 실패로 그 효과가 어떤지 정확히 알고 있었다. 그가 도울 수 있는 유일한 방법은 어쩌면 있을지도

185

모를 요행에 기회를 주는 것뿐이었다. 이것도 자극을 주어야만 겨우 깨어나는 요행이었다. 행운이 반드시 필요했다. 그도 그럴 것이 리외는 지금 다소 자기를 어리둥절하게 만드는 페스트와 대면하고 있기 때문이었다. 이 페스트가 또 한 번 자신에 맞서 수립된 여러 전략들을 교란시키는 데 힘을 썼고, 이미 자리를 잡았다고 보이던 곳에서 사라졌다가 예상치 못한 곳에 다시 나타나기를 반복했다. 다시 한 번 페스트가 더욱 혼란시키고 있었다.

타루는 미동도 않고 싸우고 있었다. 하지만 밤새 단한 번도 끊임없는 적의 공격을 맞받아치지 못했다. 오로지 몸집과 침묵으로 버티고만 있었다. 말소리조차 단 한 번도 내지 않았는데, 다른 데 신경쓸 여유가 없음을 그만의 방식으로 토로하는 것이었다. 리외는 오직 떴다 감았다 하는 눈, 안구를 더 바짝 조이거나 반대로 축 늘어지는 눈꺼풀, 뭔가를 응시하거나 자신과 자신의 어머니에게로 돌아온 시선 등을 통해서만 친구의 투쟁 단계를 좇아가고 있었다. 의사와 시선이 마주칠 때마다 타루는 안간힘을 써서 미소를 지어 보였다.

한순간 거리에서 다급한 발소리들이 들렸다. 멀리

서 들리는 천둥소리를 피해 도망치는 듯했는데, 굉음이 차츰 가까워지더니 결국 비가 다시 쏴 하고 쏟아지며 거리를 가득 채웠다. 곧 우박이 비에 섞여 인도를 강타했다. 창문 위의 긴 커튼들이 일렁거렸다. 어두운 방안에서 리외는 잠시 비에 정신이 팔려 있다가 다시 침대 협탁의 전등 빛 아래에 누워 있는 타루를 보았다. 리외의 어머니는 뜨개질을 하면서 가끔 고개를 들어 유심히 환자를 살폈다. 의사로서 할 수 있는 일은 다했다. 비가 멈추자, 방 안의 침묵이 더욱 진해졌다. 보이지 않는 전쟁의 소리 없는 소용돌이로 가득 찼다. 잠을 못 자서 신경이 곤두선 탓인지, 의사는 침묵의 경계선에서 이 전염병 시기 내내 그를 따라다니던 휙휙 소리를 들었다. 그가 신호를 해서 어머니에게 잠을 권했다. 그녀는 고갯짓으로 거절하더니 눈이 또렷해졌고, 이어서 뜨개바늘 끝으로 확신이 들지 않던 뜨개질 코 하나를 찬찬히 살폈다. 리외는 일어나서 환자의 목을 축여 주고 다시 돌아와 앉았다.

행인들의 발자국 소리가 가까이에서 나더니 금세 멀어졌다. 다들 잠시 비가 그친 틈을 타 서둘고 있었다. 문득 의사는 처음으로, 그 밤에 구급차의 경적이나 거리를 가득 메운 산책객들의 발소리가 안 들리는 걸 깨달았다. 과거의 여느 밤들과 아주 비슷했다. 페스트에서 해방된 밤이었다. 그런데 추위, 가로등, 군중에 의해 축출당한 이 병이 도시의 어두운 깊은 바닥에서 도망쳐 나와 이 더운 방으로 피신해서 그 최후의 공격을 타루의 생기 없는 몸에 가하고 있는 것 같았다. 재앙은 이제 더 이상 도시의 하늘을 휘젓고 있지 않았다. 이 방 안의 무거운 공기 속에서 조용히 휙휙 소리를 내고 있었다. 리외는 몇 시간 전부터 바로 이 소리를 듣고 있었다. 지금 그는 이곳에서도 역시 재앙이 멎기를, 이곳에서도 역시 페스트가 패배를 선언하기를 기다리고 있었다.

동트기 조금 전에 리외는 어머니 쪽으로 몸을 수그리고 이렇게 말했다.

"8시에 저하고 교대하려면 어머니는 주무세요. 주무시기 전에 소독하시고요."

리외 부인은 일어나서 뜨개질 용품을 정리하고 환자의 침대로 다가갔다. 타루는 얼마 전부터 눈을 감고 있었다. 머리카락이 단단한 이마 위에 땀으로 엉겨 붙어 있었다. 리외 부인이 한숨을 쉬자 환자가 눈을 떴다. 그

188

를 굽어보는 부드러운 얼굴을 보자 신열이 파상적으로 흐르는 얼굴 아래로 끈질긴 미소가 다시 떠올랐다. 하지만 이내 눈이 감겼다. 혼자 남은 리외는 막 어머니가 떠난 안락의자에 앉았다. 거리는 잠잠해져 이제 완전한 침묵이 흐르고 있었다. 방 안에서 아침 추위가 느껴지기 시작했다.

의사는 깜박 선잠이 들었지만 금세 새벽의 첫 자동차 소리에 깼다. 그는 부르르 떨었다. 병이 잠시 가라앉았던지 환자 역시 잠들어 있었다. 멀리서 나무와 쇠로 된 마차 바퀴 구르는 소리가 계속 들렸다. 창문에는 날이 아직 어두웠다. 의사가 침대 쪽으로 다가서자 타루가 눈을 떴는데, 멍한 눈빛이 아직 잠에 취해 있는 듯했다. 리외가 물었다.

"잠은 좀 잤어요?"

"네."

"숨쉬기가 더 나아요?"

"약간요. 그게 중요한가요?"

리외는 잠시 입을 다물었다가 말했다.

"아뇨, 타루. 별 의미 없어요. 아침엔 일시적으로 나아진다는 걸 나만큼이나 잘 알잖아요."

타루가 동의했다.

"고마워요. 계속 정확하게 대답해 줘요."

리외는 침대 발치에 앉았다. 가까이에서 환자의 다리가 느껴졌는데, 이미 죽은 자의 사지처럼 길고 딱딱했다. 타루의 숨소리가 더 거칠어졌다.

"신열이 다시 나겠죠. 그렇죠, 리외?"

그가 헐떡였다.

"그래요. 하지만 정오가 되면 결과를 알게 돼요."

타루가 눈을 감았다. 힘을 모으는 듯했다. 얼굴에 지친 표정이 역력했다. 그는 몸 깊숙한 어느 곳에서 이미 꿈틀거리고 있는 신열을 느꼈고, 그것이 올라오기를 기다리고 있었다. 눈을 떴을 때 눈앞이 흐릿했다. 리외가 몸을 수그려 주자 비로소 시선이 맑아졌다. 리외가 손에 물통을 들고 있었다.

"마셔요."

환자는 물을 마시고 고개를 다시 떨어뜨렸다.

"오래 걸리네요."

리외가 팔을 잡았지만, 타루는 시선을 돌린 채 더 이상 반응을 보이지 않았다. 그때 갑자기, 무슨 냇둑을 무너뜨린 것처럼 신열이 그의 이마까지 치솟는 게 보였다. 타루의 시선이 의사를 향하자 의사는 따뜻하게 격려하는 표정을 지어 보였다. 타루가 다시 미소를 지으려고 했지만, 악문 턱과 뿌연 거품으로 시멘트인 양 딱 붙어 버린 입술 밖으로 나오지 못했다. 다만 굳은 얼굴 속의 두 눈만은 여전히 용기의 광채를 가득 발하고 있었다.

7시에 리외 부인이 방으로 들어왔다. 의사는 진료실로 가서 병원에 전화를 걸어 자기를 대신할 근무자를 찾았다. 그는 진료도 미루기로 하고 잠깐 긴 의자 위에 몸을 뉘었다. 하지만 이내 일어나서 방으로 돌아갔다. 타루는 리외 부인 쪽으로 고개를 돌리고 있었다. 그는 곁에서 의자에 앉아 무릎 위에 두 손을 모아 올리고 있는 작고 구부정한 모습을 보고 있었다. 그가 하도 강렬하게 바라보고 있어서 리외 부인은 입술에 손가락을 갖다 대었다가 일어나서 침대 협탁의 불을 껐다. 하지만 커튼 뒤로 햇살이 빠르게 스며들어 잠시 후 환자의 모습이 어둠에서 떠오르자, 리외 부인은 그가 자기를 계속 보고 있었음을 알았다. 그녀는 몸을 수그려 베개를 바로잡아 주고, 몸을 일으키면서 축축하게 젖어 엉킨 그의 머리칼 위에 잠깐 손을 얹었다. 그때 그녀는 고맙다고, 이제 다 편하다고 말하는, 멀리서 들려오는 듯한 낮은 목소리를 들었다. 그녀가 다시 자리에 앉았을 때 타루는 눈을 감고 있었는데, 딱 붙어 버린 입술에도 불구하고 그의 기진맥진한 얼굴에 다시 미소가 떠오르는 것 같았다.

정오에 신열이 절정에 달했다. 일종의 내장성 기침이 환자의 몸을 뒤흔들었는데, 환자는 그때 피를 토하기 시작했다. 멍울은 더 이상 부풀지 않았지만, 없어지지 않고 관절 부위마다 나사처럼 단단히 박혀 있었다. 리외는 절개가 불가능하다고 판단했다. 신열과 기침 사이사이에 타루는 간간이 친구들을 쳐다보았다. 하지만 곧 눈 뜨는 횟수가 줄어들었고, 황폐해진 그의 얼굴에서 알아보는 듯한 반짝임이 차츰 옅어졌다. 육신을 발작적인 경련으로 뒤흔들던 뇌우도 점차 약해졌다. 타루는 폭풍의 눈에서 표류하고 있었다. 이제 리외 앞에는 미소가 사라지고 생기도 없는 얼굴 거죽만 있었다. 너무나 친근했던 인간, 친구의 얼굴은 페스트의 창에 찢기고, 초인적인 악의 불길에 그슬리고, 하늘의 온갖 분노의 바람으로 뒤틀려서, 그의 눈앞에서 페스트의 검은 물속으로 침몰하고 있었다. 그런데 이 난파를 막기 위해 할 수 있는 게 아무것도 없었다. 그는 이 재난에 맞설 무기도 의지할 것도 없이 다시 한 번 빈 손으로, 고통스러운 마음으로 물가에 남아 서 있었다. 그래서 마침내 끝이 왔을 때, 리외는 무력함의 눈물이 앞을 가려서 타루가 벽 쪽으로 돌아눕는 것도, 마치 그의 몸 어디에선가 생명의 끈이 탁 끊어지듯 짧고 공허한 신음을 뱉으며 숨을 거두는 것도 보지 못했다.

그 후의 밤들은 투쟁의 밤이 아니라 침묵의 밤이었다. 세상과 단절된 '죽음의 방'에서, 이제는 수의 차림인 죽은 육신 곁에서, 리외는 원초적인 평화가 떠도는 것을 느꼈다. 오래전 밤, 페스트가 퍼졌던 도시의 저 위에 위치한 테라스에서 관문을 공격하는 소리에 이어졌던 그런 평화였다. 이미 그 당시에 리외는 많은 사람이 죽어간 침대에서 올라오는 침묵을 곱씹었다. 그것은 전투 후에 이어지는 늘 같은 엄숙한 휴식, 늘 같은 의례적인 휴전, 바로 패배의 침묵이었다. 하지만 지금 그의 친구를 에워싸고 있는 이 침묵은, 너무나 짙고, 마침내 자유로워진 이 도시의 밤과 너무나 비슷해서, 리외는 잔인하게도 이번이 전쟁을 끝내고 평화를 영구적으로 가져오는 마지막 전투였음을 느꼈다. 타루가 마침내 평화를 되찾았는지 알 수 없는 채로 다 끝나 버렸는데, 리외로서는 적어도 이 순간만큼은 아들을 빼앗긴 어머니나 친구를 묻은 사람에게 종전이란 없는 것처럼 자기에게도 평화란 결코 더 이상 있을 수 없다는 것을 알았다.

밤은 다시 추워졌고 맑고 차가운 하늘 속에 얼어 버린 많은 별이 있었다. 반쯤 어둠이 깃든 방에서는 유리창을 내리누르는 추위가, 북극의 하룻밤 같은 핏기 없는 큰 바람이 느껴졌다. 침대 곁에서 리외 부인이 익숙한 자세로 침대 협탁의 불이 비추는 오른쪽에 앉아 있었다. 방 한가운데, 불빛으로부터 먼 곳에서 리외는 안락의자에 앉아 있었다. 그는 아내 생각이 났지만 매번 이 생각을 뿌리쳤다.

초저녁부터 차가운 밤공기 속에서 행인들의 구두 소리가 선명하게 울렸다. 리외 부인이 물었다.

"일은 다 봤니?"

"예, 전화했어요."

두 사람은 그때 침묵의 밤샘을 다시 시작한 상태였다. 리외 부인은 가끔 아들을 바라보았다. 어머니의 시선과 마주칠 때마다 그는 미소를 지었다. 거리에서 익숙한 밤 소음이 이어졌다. 아직 허가가 나지 않았는데도 많은 차가 돌아다녔다. 차들이 빠르게 포장도로를 핥고 사라졌다가 다시 나타나곤 했다. 사람들의 말소리, 부르는 소리, 다시 돌아온 침묵, 말굽 소리, 어느 모퉁이를 도는 전차 두 대의 삐걱대는 소리, 불분명한 소음, 그리고 다시 밤의 숨소리.

"애야."

"예."

"피곤하지 않니?"

"괜찮아요."

그 순간 그는 어머니가 무슨 생각을 하고 있는지 알았다. 아들을, 자신을 사랑한다는 생각. 하지만 리외는 누군가를 사랑한다는 것은 상대적으로 별일 아니라는 것, 아니 그보다는, 사랑이 결코 (단어적) 의미를 뛰어넘을 만큼 강할 수는 없다는 것도 알았다. 그러니 어머니와 그는 언제나 침묵 속에서 서로를 사랑하게 될 것이다. 그리고 때가 되면, 그녀가 혹은 그가 자신의 애정을 그 이상으로는 고백하지 못한 채 죽을 것이다. 바로 타루의 곁에서 그가 그렇게 지냈고, 그래서 바로 이 저녁에 타루는 그들의 우정을 온전히 체감하지 못한 채 죽었다. 타루의 표현대로라면 "경기에서 졌다." 그렇다면 그는, 리외는 승리한 걸까? 그저 페스트를 겪었고 그것을 추억하게 되었다. 우정을 겪었고 그것을 추억하게 되었다. 사랑을 알게 되었으니 언젠가 그것을 추억할 것이었다. 삶과 페스트의 경기에서 인간이 얻을 수 있는 전부는 경험과 추억뿐일 것이다. 그러나 타루는 어쩌면, 바로 이런 것을 "경기에서 승리했다"고 불렀으리라.

다시 자동차가 한 대 지나가자 리외 부인은 약간 몸을 움직였다. 리외는 어머니에게 미소를 지었다. 그녀는 피곤하지 않다고 하면서 곧 이렇게 말했다.

"너도 산에 가서 쉬어야 할 거다. 거기 말이다."

"그래야죠, 어머니."

확실히 리외는 '거기'에서 휴식을 취하리라. 그것 또한 추억의 구실이 될 테니까.

그런데 '경기에서 승리한다'는 것의 의미가 경험과 추억뿐이고 '희망'이 빠져 있다면, 그런 삶은 얼마나 힘들 것인가. 틀림없이 타루는 그런 삶을 살았고, 그래서 환상 없이 사는 삶이 얼마나 암울한 것인지 알았던 것이다. 희망 없는 평화란 없다. 그런데 타루는 인간에게

196

누군가를 단죄할 권리를 주기를 거부하면서도, 인간은 어쩔 수 없이 누군가를 단죄하고 희생자조차 종종 사형집행인이 된다는 것을 알았기 때문에, 그의 삶은 모순으로 찢겼고 결코 희망이라는 위안을 경험하지 못했다. 그래서 그가 성스러움을 바랐을까? 인간에 대한 봉사에서 평화를 찾으려고 한 것일까? 리외는 답을 전혀 알 수 없었지만, 별로 중요하지 않았다. 그가 간직할 타루의 모습은, 두 손으로 리외의 차 핸들을 움켜잡고 운전하는 사람, 그리고 미동 없이 누워 있는 이 육중한 육체뿐일 테니까. 살아 있는 따뜻함과 죽어 있는 모습, 바로 이런 것이 소중한 경험일 것이다.

이튿날 의사 리외가 아주 담담하게 아내의 부고를 받은 것도 분명 이런 이유에서였을 것이다. 진료실에 있었는데, 어머니가 뛰어들어오다시피 해서 전보 한 장을 건네주고 뒤돌아서 배달부에게 수고비를 주러 나갔다. 그녀가 돌아오자 아들이 손에 전보를 펼쳐 들고 있었다. 어머니의 시선에도 그는 창밖을, 항구 위로 떠오르는 찬란한 아침을 고집스럽게 바라보고 있었다.

"베르나르야."

의사는 멍한 표정으로 어머니를 살폈다.

"전보는?"

"그거예요. 일주일 전이래요."

리외 부인은 창 쪽으로 고개를 돌렸다. 의사는 한동안 침묵을 지켰다. 이윽고 그는 어머니에게 울지 말라고, 각오는 하고 있었는데도 힘들다고 말했다. 그는 이렇게 말하면서 이 고통이 새롭지 않다는 것을 깨달았다. 여러 달 전부터, 그리고 이틀 전부터 똑같은 아픔이 계속되어 왔던 것이다.

***

2월의 어느 아름다운 아침 동틀 무렵, 주민과 신문, 라디오, 도청 관보들의 환호 속에 마침내 관문들이 열렸다. 이제 서술자에게 남은 일은 관문 개방에 이어진 기쁨의 시간를 기록하는 것뿐이다. 비록 그 자신은 거기에 완전히 섞일 자유가 없는 사람 가운데 한 명이었지만 말이다.

대규모 행사들이 밤낮으로 개최되었다. 이와 동시에 기차역에서 연기가 뿜어져 나오기 시작했고, 몇몇 외양선들이 벌써 우리 항구 쪽으로 뱃머리를 돌리고 있었다. 모든 것들이, 드디어 오늘이 헤어짐의 눈물을 흘려 왔던 모든 사람들에게 성대한 재회의 날임을 보여 주고 있었다.

이쯤에서 그토록 많은 우리 시민들의 마음에 어려 있던 이별의 감정이 어떻게 변했을지 쉽게 상상할 수 있다. 낮 동안에 우리 시에 들어온 열차들은 시를 떠난 열차들 못지않게 많은 승객을 싣고 있었다. 모두들 진즉 좌석을 예약하고서도 혹시 당국이 2주 안에, 마지막 순간에 취소하면 어쩌나 노심초사했었다. 더욱이 시로 들어오는 승객들 가운데 몇몇은 우려를 완전히 떨쳐 버리지 못하고 있었는데, 친한 이들의 소식은 들어서 알고 있었어도 도시 상황은 전혀 몰랐기 때문에 자꾸 암울하고 끔찍한 모습밖에 떠오르지 않았던 것이다. 하지만 이런 것은 이별의 기간에 그래도 열정이 소멸되지 않은 사람들에게만 해당되는 사실이었다.

열정적인 사람들, 연인들은 한 가지 생각에만 사로잡혀 있었다. 그들에게 변한 것은 한 가지뿐이었다. 시간이었다. 헤어짐의 몇 개월 동안에 시간이 어쩌나 안 가던지 항상 시간을 앞으로 떠밀고 싶어 했는데, 이제 우리 시가 보이기 시작하자 돌연 시간을 늦춰서 매순간을 음미하기를 바랐다. 이미 기차가 제동을 걸고 역에 진입하기 시작했을 때는 아예 시간을 멈추고 싶었다. 이 몇 달 동안 자신들이 사랑을 잃고 살았다는 마음속의 막연하고도 날카로운 감정들이, 기쁨의 시간이 기다림의 시간보다 두 배는 더디게 흘러야 한다는 일종의 보상을 요구했다. 그리고 집이나 승강장에서 기다리고 있는 이들도 (제때 소식을 듣고 준비를 서둘러서 첫 기차로 올 아내를 기다리고 있는 랑베르처럼) 똑같은 초조와 혼란 속에 있었다. 왜냐하면 랑베르조차 몇 달간의 페스트로 '추상'으로 엷어져 버린 사랑을, '실체'를 가진 여인으로 대면한다는 생각에 너무나 떨렸던 것이다.

랑베르는 시간을 되돌릴 수만 있다면, 전염병이 발생했을 때 한 가지 생각과 욕망만 가졌던, 한달음에 시를 탈출해서 사랑하는 그녀를 만나러 뛰어가려고 했던 그 사람이 되고 싶었다. 하지만 그는 이제 그것이 불가능하다는 것을 안다. 그는 변했다. 페스트를 겪으며 그는 무심해졌다. 아무리 노력해도 그 생각을 떨쳐낼 수가 없었고, 막연한 불안감이 내내 그를 괴롭혔다. 그는 페스트가 너무 갑작스럽게 끝났다는 기분마저 들어서 정신을 차릴 수가 없었다. 행복이 전속력으로 도착하고 있었고, 사건은 기대보다 훨씬 더 빠르게 진행되고 있었다. 랑베르는 모든 것이 한순간에 복원될 것이고, 기쁨은 섬광처럼 음미할 틈조차 없이 지나가리라는 것을 알았다.

다들 어느 정도는 랑베르와 비슷하게 의식하고 있었고, 그 얘기를 공유하고 싶었다. 개개인의 일상으로 돌아가고 있었지만, 동지애 같은 것이 남아 있어서 승강장에 선 그들은 서로 눈짓과 미소를 나누고 있었다. 하지만 기차의 연기를 보는 순간, 정신이 혼미할 정도로 압도적인 기쁨이 치솟아서 귀양살이의 감정은 싹 소멸되었다. 그리고 기차가 멈춰 서자, 바로 이 승강장에서 시작되었던 한없는 이별들이, 잊고 있던 몸을 팔로 얼싸안는 환희로 순식간에 끝났다. 랑베르는 미처 그 형체가 자기를 향해 달려오는 것을 볼 겨를도 없었는데, 이미 그의 가슴에 쓰러지듯이 안겨 있었다. 그는 두 팔로 그녀를 꽉 끌어안으며, 낯익은 머리카락밖에 안 보이는 머리를 가슴팍에 누르며 눈물을 흘렸는데, 그것이 지금의 행복에서 오는 것인지 너무나 오랫동안 억누른 고통에서 오는 것인지 알 수 없었다. 그저 이 눈물

201

이 자기의 가슴에 파묻혀 있는 그 얼굴이 과연 그토록 꿈꿨던 얼굴일지 아니면 반대로 그냥 낯선 사람의 얼굴일지 확인하지 못하게 막아 주고 있다고 생각했다. 어느 것이 맞는지 곧 알게 될 것이다. 그 순간 그는 주위의 다른 사람들처럼 행동하고 싶었다. 페스트가 자신의 마음을 하나도 바꾸지 않고 그저 왔다가 갔을 뿐이라고 믿고 싶었다.

서로를 얼싸안은 이들은 집으로 돌아갔다. 바깥 세상에는 관심 없이, 페스트에 승리했다는 생각에 취해서. 그래서 같은 기차로 왔지만 아무도 만나지 못하고 오랜 무소식으로 인해 이미 마음속에 생겨난 두려움을 확인하게 된 사람들의 존재와 그들의 비참함을 잊고 있었다. 이제 동반자라고는 아주 생생한 고통밖에 없는 사람들, 당시 사라진 자들에 대한 추억에 몰입하던 다른 사람들에게는 사정이 완전히 다르게 돌아가고 있었으며, 이별의 감정은 당연히 절정에 달했다. 이들에게, 즉 지금은 이름 없는 구덩이 속을 헤매거나 한 무더기의 분골 속에 섞여 있는 자들과 더불어 모든 기쁨을 잃은 어머니, 배우자, 연인에게 페스트는 여전히 위력을 떨치고 있었다.

하지만 누가 이런 고독한 자들을 돌아보겠는가? 정오, 아침부터 대기를 뒤흔들어 대던 찬바람을 이겨 낸 태양이 잔잔한 햇살을 꾸준히 이 도시에 쏟아붓고 있었다. 낮은 정지되어 있었다. 언덕 꼭대기의 요새에서 청명한 파란 하늘에 쉬지 않고 축포를 울렸다. 고통의 시간은 끝나고 망각의 시간은 아직 시작되지 않은 이 벅찬 순간을 축하하려고 시 전체가 밖으로 쏟아져 나와 북적였다.

모든 거리와 광장에서 사람들이 춤을 추고 있었다. 하루 사이에 교통량이 배로 늘어서, 현저하게 많아진 자동차들은 사람들이 점령한 거리를 힘들게 돌아다녔다. 모든 교회가 오후 내내 힘껏 종을 쳤고, 종소리가 햇살로 눈부신 파란 하늘에 가득 울렸다. 또한 모든 교회에서 감사 미사가 열리고 감사기도가 울려퍼졌다. 같은 순간에 축제 장소들에도 인파가 미어터졌고, 카페들은 내일을 걱정할 필요 없이 마지막 남은 술까지 내주었다. 바들도 한결같이 흥분한 사람들의 무리로 북적댔고, 그속에서 많은 연인들이 남의 시선에 아랑곳하지 않고 서로를 부둥켜안고 있었다. 모두가 큰소리로 떠들며 웃었다. 그들은 이 몇 달 동안 영혼의 불을 낮추고 지내며 내면에 비축했던 온 활기를 '생존 기념일'과도 같은 그날 다 써 버리고 있었다. 아마도 내일이면 본래의 삶이 조심스럽게 시작될 테지만, 당장 그 순간에는 삶의 궤적이 다른 이들이 서로 팔꿈치를 맞대고 우애를 나눴다. 마침내, 죽음의 지배 앞에서도 실현되지 못했던 평등이 해방의 희열로 몇 시간이나마 구현되고 있었다.

하지만 이런 평범한 호들갑이 그날 오랑의 전부는 아니었다. 해 질 녘이 되자 거리를 메운 적잖은 사람들은 더 미묘한 기쁨들을 담담한 태도로 가렸다. 그 속에 랑베르와 아내도 있었다. 많은 연인과 많은 가족들이 얼핏 그저 평화로운 산책객들처럼 보였지만, 사실 그들 대부분은 아픔을 겪은 장소들을 조심스럽게 순례하고 있었다. 돌아온 이들에게 역력하거나 숨겨진 페스트의 흔적을, 그 역사의 잔해를 보여 주었다. 살아남은 이들은 그저 안내자, '그것을 직접 겪어낸' 증인으로서 당시의 공포를 언급하지 않고 위험했던 상황만 이야기하기도 했다. 이것은 오락거리처럼 잔잔한 즐거움을 주었다. 하지만 보다 감상적이 되는 장소들이 있었고, 그럴 때면 가령 연인은 마음 아픈 기억에 빠져서 동반자에게 떨리는 목소리로 이렇게 말하기도 했다.

"이곳에서, 그 시절에 네가 간절했는데, 거기 네가 없었어."

이런 연정의 탐방객들은 눈에 쉽게 들어왔다. 북새통 한가운데에서 속삭임과 은밀한 이야기로 외딴섬을 이루면서 군중을 헤쳐 나가고 있었으니까. 사람들은 교차로에서 연주하고 있는 오케스트라보다 그들을 보면서 어마어마한 해방의 기쁨을 더 실감했다. 이 환희에 찬 연인들은, 서로에게만 집중해서 거의 말도 없는데도, 행복한 사람들 특유의 우월한 의기양양함으로 그 북새통 속에서 누구보다도 크게 페스트가 끝났다고, 공포의 시간이 다했다고 외치고 있었다. 그들은 자명한 증거들에도 불구하고, 사람이 파리처럼 죽어 나가던 어처구니없는 세상이, 그 분명한 야만성이, 페스트의 치밀한 광기와 소름 끼치는 자유(감금)가, 아연실색하긴 했어도 죽을 정도는 아니었던 화장터의 냄새가, 지금 여기 어디에 있느냐고 태연하게 반박하고 있었다. 한마디로, 우리 시민들은 절대로, 일부가 매일 화장터 화덕에 던져져 지방질의 연기로 사라질 때 한편에서 무력감과 공포의 쇠사슬에 묶여 자기 차례를 기다리던 질겁한 대중이었던 적이 없다고 반박하고 있었다.

어쨌든 바로 이런 사실들이 그날 늦은 오후 종소리, 대포 소리, 음악, 귀를 먹먹하게 하는 환호성의 한가운데를 홀로 헤치며 변두리로 가고 있던 리외의 눈에 들어왔다. 여전히 그는 하루도 쉴 수 없었다. 환자들은 휴일이 없었으니까. 도시에 내리쬐는 쩅한 햇살 사이로 예전처럼 고기 굽는 냄새와 아니스 술 냄새가 피어올랐다. 그의 주위에서 사람들이 행복한 얼굴로 빛나는 하늘을 바라보고 있었다. 상기된 볼의 남녀들이 서로를 꼭 끌어안고 나지막하게 강렬한 욕망의 외침을 질러 댔다. 그렇다, 페스트가 공포와 함께 끝났는데, 그 열정적으로 얽힌 팔들이 페스트의 깊은 본뜻이 '귀양살이이자 이별'이었음을 말해 주고 있었다.

처음으로, 리외는 여러 달 동안 행인들의 얼굴에서 읽었던 낯익은 분위기에 이름을 붙일 수 있었다. 지금은 주위를 둘러보기만 해도 알 수 있었다. 비참하고 궁핍했던 페스트의 시간이 끝나는 무렵, 사람들은 너무 오랫동안 해 온 역할의 모습을 하고 있었다. 처음에는 표정이, 지금은 옷차림까지 머나먼 고국에서 추방된 지 오래된 이민자의 모습인 것이다. 페스트로 시의 관문들이 폐쇄된 순간부터 그들은 이별 속에서만 살았고, 모든 것을 잊게 해 주는 인간적 온기로부터 차단되었다. 정도 차이는 있겠지만 도시 전역에서 이런 남녀들은 재결합을 갈망했는데, 모두가 같은 형태는 아니었어도 모두에게 똑같이 불가능한 것이었다. 대개는 곁에 없는 이를, 그 몸과 사랑의 온기를, 때로는 그저 습관처럼 함께 했던 일상을 강렬하게 부르짖었다. 몇몇 사람은 자신도 모르는 사이에 친한 이들과의 교제가 끊긴 것을, 일반적인 연결 수단인 편지나 기차, 배 등으로 우정을 이어나갈 수 없게 된 것을 고통스러워했다. 거기에 타루 같은 아주 드문 유형도 있었는데, 그들이 간절히 바란 재결합의 대상은, 딱히 뭐라고 정의를 내릴 수는 없지만 그들에게는 이 세계에서 정말 유일하게 바람직한 것으로 보이는 그 무언가였다. 다른 이름이 없어서 그들은 종종 이것을 평화라고 불렀다.

리외는 계속 걸었다. 앞으로 나아갈수록 주위에서 군중이 불어났고, 소음은 커졌으며, 그가 가려는 목적지인 변두리는 그만큼 뒤로 물러나는 듯했다. 점차 그는 이 뜨겁고 시끌벅적한 집단 속에 녹아들었고, 그들이 질러대는 환호를 더 잘 이해했으니, 적어도 일부분은 그 자신이 내지르는 환호였던 것이다. 그렇다, 모두가 이 잔혹한 휴가, 언제 끝날지 모르는 귀양살이, 결코 가시지 않는 갈증으로 몸과 마음에 고통을 겪었던 것이다. 시체 더미들, 구급차의 경적들, '운명'이라고 부를 만한 경고들, 공포심과 처절한 반항심 사이에서의 끊임없는 제자리걸음, 그런 것들이 주는 공포심 안에서도, 이 버려지고 겁에 질린 존재들의 귓가에 끊임없이 울리는 거대한 목소리가 있었다. 그들이 소망하는 땅, 고향으로 돌아가라고 말하는 목소리였다. 그곳은 질식해 가는 이 시의 벽 너머 바깥에 있었다. 언덕 위 향기로운 덤불 속에, 바다의 파도 속에, 자유로운 하늘 아래, 사랑의 보호 안에 있었다. 그들은 다른 것들에는 가차 없이 등을 돌리고 오직 고향으로, 행복으로 되돌아가고 싶었던 것이다.

이런 귀양살이와 재결합 욕구에 담긴 의미에 대해 리외는 아무것도 몰랐다. 그런데 계속 걷다가, 사방에서 떠밀리고 간간이 재촉을 받으며 걸어서 덜 붐비는 거리에 다다를 때쯤, 그는 의미가 있는지 없는지는 중요하지 않다고 생각했다. 오직 살펴봐야 하는 건, 사람들의 희망에 주어진 답이었다.

그리고 이제 리외는 답을 알았다. 인적이 거의 없는 변두리 지역에 서자 더 뚜렷이 알 수 있었다. 자신이 가진 것에 만족하고 사랑의 보금자리로 돌아가기만을 간절히 바랐던 사람들은 보답을 받은 편이었다. 비록 몇몇은 기다려 온 사람을 빼앗긴 채 고독하게 시내를 홀로 걸어 다니고 있지만 말이다. 또 어떤 이들은 이별을 두 번 겪지 않은 것만으로도 다행이었다. 그러니까, 전염병 시기 이전에 처음부터 사랑이 굳건하지 못해서 여러 해 동안 맹목적으로 힘든 교제를 했고 결국 '어울리지 않는 연인'이라는 낙인으로 묶여 이어져 온 사람들 말이다. 그들은 리외 자신처럼 시간에 의지하는 경솔한 짓을 했다. 그 결과 그들은 지금 영원히 헤어져 버린 것이다. 하지만 또 다른 사람들, 그날 아침 마주쳤을 때 리외에게 "용기를 내요. 지금이야말로 당신이 옳았음을 증명해야 할 때입니다"라고 말해 주던 랑베르 같은 사람들은 잃어버리고 말았다고 생각했던 부재자를 망설임 없이 되찾았다. 그래서 그들은, 적어도 당분간은, 행복할 것이다. 이제 그들은 알았다. 늘 갈망하면 가끔은 얻을 수 있는 것, 그것은 인간적인 사랑임을 말이다.

그러나 인간 개개인을 초월한 어떤 것, 상상조차 안 되는 어떤 것을 지향했던 사람들은 답을 얻지 못했다. 타루는 그 자신이 말했던 얻기 힘든 평화에 닿은 듯했지만, 죽은 후에야, 자신에게 아무 소용이 없는 때에야 닿았다. 그러나 리외가 발견한 사람들, 노을 진 집의 문턱에서 서로를 힘껏 껴안고 벅찬 시선을 나누던 사람들은 원하던 것을 얻었는데, 그들 스스로에게 달려 있는 것만 원했기 때문이다. 그랑과 코타르가 사는 거리로 꺾어 들었을 때, 리외는 '인간에게 속한 것을 바랄 때에만 그 미친하고도 어마어마한 사랑이 보답을 받는구나' 하고 생각했다.

***

이 연대기는 종착역에 다다랐다. 의사 베르나르 리외가 서술자임을 고백해야 할 시간이 된 것 같다. 하지만 이 연대기의 마지막 사건들을 기술하기 전에, 그는 적어도 자신의 개입은 정당했고 객관적 증인의 어조를 견지했음을 밝히고 싶은 마음이다. 페스트의 기간 내내 그는 직업상 대부분의 시민들을 만나고 그들의 다양한 감정을 들을 수 있었다. 보고 들은 것을 전달하기에 좋은 자리에 있었던 것이다. 하지만 그는 이 모든 것을 되도록 원칙을 지켜서 가치 있게 전달하고 싶었다. 예를 들어, 그는 전반적으로 자기가 직접 볼 수 있었던 것만 적으려고 했고, 페스트를 함께 겪은 동료들의 말과 행동을 소개할 때도 그들이 품지 않았을 생각을 덧입히지 않았고, 글들도 우연이나 불행한 일에 의해 그의 손에 들어오게 된 글들만을 사용하는 데 주의를 기울였다.

일종의 범죄에 대해 증언을 하러 호출된 입장이기에, 그는 선의의 증인이 마땅히 그래야 하듯 신중을 기했다. 그러면서도 마음이 이끄는 대로 신중하게 희생자의 편에 섰고, 동료 시민들과는 사랑, 고통, 귀양살이라는 공통점들을 공유하려고 노력했다. 그래서 그들의 불안 중에 그가 겪어 보지 않은 것이 없고, 그들의 고통 중에 그의 것이 아닌 것이 하나도 없다고 확실히 말할 수 있다.

충실한 증인이 되기 위해, 증언은 주로 사람들의 말

과 행동에 국한하고 서류(조서, 문헌, 소문 등)를 우선적으로 전했다. 개인적인 문젯거리나 걱정거리는 침묵했다. 가끔 그런 것들을 언급했을 때는, 동료 시민들을 이해시키고 대부분 헷갈려 하는 감정들을 정확히 전달하기 위해서였을 뿐이다. 사실 이런 이성적인 노력은 그에게는 전혀 힘들지 않았다. 페스트 환자들의 수많은 목소리에 자신의 속내를 직접 섞고 싶은 충동이 일 때마다, 자신이 겪었던 고통 중 남들도 동시에 겪지 않았던 것은 하나도 없고, 슬픔은 대개 혼자만의 것인 이 세상에서 이는 큰 이점임을 떠올리며 자제했다. 따라서, 확실히, 그의 이야기는 모두의 이야기가 될 수 있었다.

하지만 의사 리외가 대신 이야기할 수 없는 한 사람이 있었다. 언젠가 타루가 리외에게 이렇게 말했던 사람이다. "그의 단 하나의 진짜 범죄는 마음속으로 사람들을, 남자와 여자와 아이들을 죽이는 일에 찬동했다는 것뿐이에요. 나머지 범죄들은 이해할 수 있으니까, 어렵지만 이해해 주려고 해요." 이 연대기는 무지한 마음, 다시 말해 외로운 마음을 지녀 온 그 사람에 대한 이야기로 끝나는 것이 딱 맞겠다.

축제로 소란스러운 큰길을 빠져나와 그랑과 코타르

가 사는 거리로 접어들었을 때, 의사 리외는 경찰의 비상선에 의해 저지당했다. 전혀 예상하지 못한 일이었다. 멀리서 들려오는 축제의 웅성거림 때문에 이 동네가 더욱 조용해 보였기에, 의사는 이곳이 고요한 만큼이나 인적도 없을 줄 알았다. 그가 경관에게 신분증을 내보였다.

"안 됩니다, 선생님. 어떤 미치광이가 군중에게 총을 쏴 대고 있어요. 하지만 여기 계세요. 의사 선생님이 필요할지도 모르겠습니다."

그때 리외는 자기를 향해 오고 있는 그랑을 보았다. 그랑 역시 아무것도 모르고 있었다. 경찰들이 그를 막았고, 사람들이 그가 사는 건물에서 총이 발사되었다고 말해 주었다. 식어 버린 태양의 마지막 광선에 금빛으로 물든 건물의 정면이 멀리에서 보였다. 그 주위로 맞은편 인도까지 닿은 커다란 공간은 비어 있었다. 도로 한가운데에 모자와 더러운 헝겊 조각이 분명하게 보였다. 리외와 그랑은 아주 멀리 길 건너편의 방어선도 발견했는데, 이 방어선은 그들의 앞길을 막은 방어선과 평행이었고, 동네 사람 몇몇이 그 뒤에서 빠르게 왔다 갔다 하고 있었다. 자세히 보니 손에 권총을 들고 그 건물과 마주한 건물들의 문 안에 달라붙어 있는 경관들도 눈에 들어왔다. 그 건물의 덧창은 모두 닫혀 있었고, 3층의 덧창 하나만 반쯤 떨어져 있었다. 거리에는 온통 침묵이 흘렀다. 시내 중심에서 그곳까지 흘러온 음악만 단편적으로 들릴 뿐이었다.

한순간 맞은편 건물에서 권총이 두 번 발사되고 망가진 덧창에서 파편이 튀었다. 그러고 나서 다시 잠잠해졌다. 한낮의 북새통 이후에 멀리서 벌어지는 이런 일이 리외에게는 좀 비현실적으로 느껴졌다.

"코타르의 창이에요. 하지만 코타르는 종적을 감췄는데."

그랑은 몹시 흥분해서 단번에 말했다.

"왜 총을 쏘는 겁니까?"

리외가 경관에게 물었다.

"저자의 주의를 끌려고요. 그가 건물 문으로 들어가려고 하는 사람들에게 총을 쏴 대서, 필수 장비들과 경찰 버스를 기다리고 있습니다. 경관 한 명이 총에 맞았죠."

"저 사람은 왜 총을 쐈죠?"

"모르죠. 사람들이 거리에서 즐기고 있었는데 그들

을 향해 쐈어요. 첫 발이 발사되었을 때는 다들 영문을 몰랐죠. 그가 다시 쏘자 비명이 일었고 한 명이 다쳤어요. 나머지는 다들 도망쳤습니다. 미친놈이죠, 뭐!"

다시 조용해지자 시간이 기어가는 것 같았다. 그들은 거리의 저쪽에서 개 한 마리가 갑자기 튀어나오는 것을 보았다. 리외가 오랜만에 본 첫 번째 개였다. 그때까지 주인들이 분명 숨겨 두었을 지저분한 스패니얼 개는 벽을 따라 걸었다. 개는 문 근처에 이르자 망설이다가 꽁지 쪽을 땅에 대고 앉아 몸을 젖히고는 벼룩을 잡아먹었다. 경관들이 호루라기를 불어 개를 불렀다. 개는 고개를 들더니, 곧장 천천히 도로를 건너가 모자의 냄새를 맡았다. 그때 3층에서 다시 권총이 발사되었다. 개가 얇은 천 조각처럼 뒤집혀서 네 발을 격렬하게 휘젓다가 옆으로 쓰러졌고, 몇 차례에 걸쳐 길게 경련을 일으켰다. 맞은편 문에서 반격으로 터져 나온 대여섯 발의 총격에 덧창이 산산조각 났다. 다시 조용해졌다. 해가 조금씩 기울면서 그늘이 코타르의 창으로 가까워지고 있었다. 의사 뒤쪽의 거리에서 브레이크가 부드럽게 끼익 소리를 냈다. 경관이 말했다.

"그들이 왔다."

경찰들이 밧줄, 사다리, 기름 먹인 천으로 싼 길쭉한 통 두 개를 들고 그들의 등 뒤에서 쏟아져 나왔다. 경찰들은 그랑의 건물 반대편에 있는 주택단지를 끼고 도는 길로 접어들었다. 잠시 후에 보이지는 않았지만 그 집들의 문에서 모종의 움직임이 일어나는 것이 감지되었다. 그다음에 사람들은 기다렸다. 개는 더 이상 움직이지 않았으나 이제는 칙칙한 액체 속에 잠겨 있었다.

갑자기 경찰들이 배치된 집들의 창에서 기관총 사격이 시작되었다. 다시 표적이 된 덧창은 사격 내내 문자 그대로 산산조각이 되어 가다가 검은 면이 노출되었는데, 리외와 그랑이 서 있는 곳에서는 아무것도 분간할 수가 없었다. 사격이 멎자 두 번째 기관총이 조금 더 떨어진 어느 집으로부터 다른 각도에서 따닥따닥 소리를 냈다. 벽돌 파편이 튀어 오른 것을 보면, 분명 네모진 창 안으로 총알들이 들어가고 있었다. 같은 순간에 세 명의 경관이 도로를 뛰어 건너가더니 대문으로 돌진했다. 거의 곧바로 다른 경관 세 명까지 따라서 뛰어 들어간 후에야 기관총 사격은 멎었다. 사람들은 여전히 기다렸다. 건물 안에서 어렴풋한 총성이 두 번 울렸다. 웅성거리는 소리가 커지더니 셔츠 차림의 키 작은 사내가 계속해서 소리를 지르면서 거의 들리다시피 끌려 나오는 것이 보였다. 정말 마법처럼 거리의 덧창들이 전부 열리더니 창문들이 호기심에 찬 사람들로 채워졌고, 많은 사람이 집에서 나와 바리케이드 앞으로 몰려들었다. 키 작은 사내가 발은 땅을 딛고 두 팔은 경관들에 의해 뒤로 붙잡힌 모습이 도로 한복판에서 잠깐 보였다. 그는 소리를 질러 댔다. 경관 한 명이 다가가서 여유 있게 찍듯이 주먹으로 힘껏 두 번 후려쳤다.

"코타르예요. 미쳤나 봐요."

그랑이 더듬거렸다.

코타르가 쓰러졌다. 그 경관이 땅 위에 웅크리고 누워 있는 그를 세게 걷어찼다. 이윽고 한 떼의 사람들이 뒤범벅이 되어 움직이더니 의사와 그의 늙은 친구 쪽으로 다가왔다.

"비켜서세요!"

경관이 소리쳤다.

리외는 그 무리가 앞을 지나갈 때 눈을 돌려 버렸다.

그랑과 의사는 저무는 황혼 속에서 그 자리를 떴다. 마치 이 사건이 마비되었던 이 동네를 깨운 듯, 외진 길거리에서 기쁨에 찬 군중의 웅성거림이 다시 넘쳐나고 있었다. 그랑은 집 앞에서 의사에게 작별 인사를 했다. 그는 일을 해야 했다. 하지만 집으로 올라가려다가 잠시 멈칫하더니, 잔에게 편지를 써 보냈고 지금 아주 흐뭇하다고 말했다. 그러고는 예의 그 구절을 다시 쓰기 시작했다고 했다.

"지워 버렸어요. 모든 형용사를요."

그가 짓궂은 미소를 지으며 모자를 벗어 정중하게 인사했다. 하지만 리외는 코타르를 생각하고 있었다. 코타르의 얼굴을 으깨는 둔탁한 주먹질 소리가 늙은 천식 환자의 집을 향해 가던 내내 그를 쫓아왔다. 어쩌면 죄지은 사람을 생각하는 것이 죽은 사람을 생각하는 것보다 더 괴로운 일인지도 모른다.

리외가 환자의 집에 도착했을 때는 이미 어둠이 온 하늘을 덮고 있었다. 어렴풋한 자유의 웅성거림이 방에서도 들렸고, 노인은 평소와 같은 기분으로 콩을 통에 옮겨 담고 있었다.

"저 사람들이 옳아요, 즐겨야지. 세상엔 모든 일이 다 필요한 법이니까. 그런데 선생님의 동료분은 어떻게 됐나요?"

폭발음이 몇 번 들려왔지만 평화로운 소리였다. 아

이들이 폭죽놀이를 하고 있었다.

"죽었습니다."

의사는 노인의 거품 소리 나는 가슴에 청진기를 대고서 그렇게 말했다.

"아!"

약간 얼이 빠져 노인이 소리를 냈다. 리외가 덧붙였다.

"페스트로요."

"예."

노인은 잠시 후에야 알아들었다.

"가장 훌륭한 사람들이 떠나게 되죠. 산다는 게 그래요. 하지만 그 사람은 자기가 뭘 원하는지 아는 사람이었어요."

"왜 그런 말씀을 하시죠?"

청진기를 거두면서 리외가 물었다.

"그냥요. 그 사람은 허튼 이야기는 하지 않았어요. 여하튼, 나는 그 사람이 마음에 들었어요. 정말 그랬다니까요. 다른 사람들은 '페스트, 우리가 페스트를 이겨 냈어'라고 말하고 있겠네요. 그런 작자들은 조그만 일로 훈장을 달라고 할걸요. 허나 페스트라는 게 대체 뭐

겠어요? 살다 보면 생기는 일일 뿐이죠."

"때 맞춰서 훈증하세요."

"오! 걱정 마요. 나는 아직 살날이 창창해요, 난 그 작자들 모두가 죽는 것을 볼 겁니다. 나는 말이죠, 어떻게 살아야 할지 알아요."

멀리서 기쁘게 외치는 소리가 방 안까지 들려왔다. 의사가 뒤돌아 나가려다가 방 한복판에서 멈춰 섰다.

"테라스에 가 봐도 괜찮을까요?"

"오, 물론이죠! 저기 위에서 그 작자들을 보고 싶은 거죠, 그렇죠? 그렇게 해요. 그렇지만 저들은 정말 항상 똑같아요."

리외는 계단으로 갔다.

"그런데 선생님, 페스트로 죽은 사람들을 위한 추모비를 세운다는 게 정말인가요?"

"신문에서 그러더군요. 석주(石柱)나 동판이래요."

"그럴 줄 알았어요. 그리고 연설을 하겠군요."

노인은 킥킥 웃어 댔다.

"여기서도 그것들이 훤히 들려요. '고인들은…….' 그러고는 허겁지겁 먹어 치우겠죠."

리외는 이미 계단을 오르고 있었다. 커다랗고 싸늘

한 하늘이 저 위에서 빛나고, 언덕 근처의 별들은 수정처럼 반짝거렸다. 오늘 밤은 타루와 그가 페스트를 잊기 위해 테라스에 올라왔던 그날 밤과 별반 다르지 않았다. 다만 바다가 절벽 아래에서 부서지는 소리가 그때보다 더 요란했고, 공기는 잔잔하고 가벼웠으며, 따스한 가을바람이 날라 오던 짭짤한 맛은 없었다. 도시의 웅성거림이 여전히 파도 소리처럼 테라스 밑을 계속 쳐 대고 있었다. 하지만 오늘 밤은 해방의 밤이었지 반항의 밤이 아니었다. 멀리서 대로와 휘황찬란한 광장이 암적색으로 빛났다. 막 해방된 밤 속에서 굴레를 벗게 된 욕망의 으르렁거림이 리외에게까지 들려오고 있었다.

어두운 항구 쪽에서 공식적인 축하 행사의 첫 불꽃이 올라갔다. 도시는 길고 귀를 먹먹하게 하는 함성으로 이 불꽃을 반겼다. 코타르도, 타루도, 리외가 사랑했지만 잃어버린 남자들과 여자들도, 죽은 자도, 범죄자도, 다 잊혔다. 그래, 노인의 말이 옳다. 사람들은 항상 다 똑같다. 하지만 이것이 그들의 힘이자 무고함이었고, 바로 여기에서 리외는 모든 슬픔을 넘어 자신이 그들과 하나라고 느꼈다. 온갖 빛깔의 불꽃 다발이 더 많이 하늘로 치솟으며 점점 커지고 길어진 함성이 테라스 벽에 부딪쳐 울리는 한복판에서, 의사 리외는 이 연대기를 쓰기로 결심했다. 침묵하지 않고 페스트에 스러진 사람들을 위해 증언을 하기로, 그들에게 가해진 불의와 폭력의 기억을 남기기로 말이다. 재앙의 한복판에서 배운 것, 즉 인간에게는 경멸해야 할 것보다 칭찬해야 할 것이 더 많다는 것만큼은 말하기 위해서였다.

그렇지만 리외는 이 연대기가 최후의 승리의 연대기일 수 없음을 알고 있었다. 이 연대기는 그저, 성자가 될 수 없지만 재앙에 굴복하기도 거부하기에, 각기 다른 아픔들 속에서도 의사로서 최선을 다했던 모든 이들이 공포에 맞섰던 기록이자, 앞으로도 결코 끝나지 않을 공포의 가차없는 맹습에 맞서서 확실히 수행해야 할 것들에 대한 기록일뿐이다.

과연 리외는 도시에서 올라오는 환희에 찬 함성들을 들으면서, 이런 환희가 늘 위협을 받아 왔다는 사실을 기억해 냈다. 저 기쁨에 찬 군중이 모르고 있지만 꼭 알아야 할 사실들을, 그 역시 이전의 연대기들을 통해 알고 있는 것이다. 페스트 간균은 결코 죽거나 사라지지 않고 수십 년간 가구나 옷 속에서 잠들어 있을 수 있어서 방, 지하실, 짐 가방, 손수건, 폐지 속에서 참을성 있게 기다리다가 사람들에게 불행과 교훈을 주기 위해 쥐들을 깨워 어느 행복한 도시로 보낼 날이 분명 오리라는 사실을 말이다.

언제라도 우리를 습격할
'페스트'를 경계하라

《페스트*La Peste*》(1947년)는 20세기를 대표하는 프랑스 작가이자 지식인 가운데 한 명인 알베르 카뮈(Albert Camus)의 연대기적 소설이다. 《이방인*L'Etranger*》(1942년)에 이어 그의 문학적 명성을 확인해 준 작품이기도 하다. 《페스트》로 카뮈는 그해 '비평가상'을 수상했다. 출간은 1947년이었지만 《작가 수첩》을 보면 구상은 1941년부터였다고 한다.

악의 상징, 페스트

오랜 숙성을 거친 《페스트》에서 카뮈는 신(神)이 없

는 사회에서의 도덕 정립의 가능성을 타진하고 있는 듯 보인다. 구체적으로 '페스트'로 상징되는 '악(惡)'(그 것이 제2차 세계대전으로 대표되는 '전쟁'이든, 히틀러로 대표 되는 전체주의든, 페스트라는 실제 '질병'이든)이 지배하는 사회에서 인간은 과연 어떤 도덕적 기준에 따라 행동 해야 하는지를 고민한다. '페스트'의 창궐로 인해 위기 에 빠진 '오랑' 시의 시민들이 보여 주는 다양한 삶의 방식에 대한 '연대기(Chronique)'이기에, 이 연대기에 기 술된 자들의 다양한 삶, 특히 핵심 등장인물들의 삶의 방식을 추적하면 카뮈가 이 작품에서 제시하고자 하 는 도덕적 기준의 윤곽을 어렴풋하게나마 그려 볼 수 있다.

페스트 발병 이전의 오랑 시를 지배하는 분위기는 도덕적 무자각 상태라고 명명할 수 있을 것이다. 오 랑 시민들은 매일매일 같은 리듬으로 그저 사업, 무 역, 돈벌이를 위해 살았다. 요컨대 하루하루를 기계 적이고 반복적인 습관에 따라 살며 이른바 '일상성 (Quotidienneté)'에 빠져 도덕적 긴장감을 전혀 느끼지 못하고 지냈다. 그런데 이와 같은 기계적인 삶이 대세 를 이루는 오랑에 페스트의 발병이라는 갑작스러운 변화가 발생한다. 결코 그들의 삶에 긍정적이지 못한 변화였고, 심지어 그들의 삶을 죽음으로 내모는 위기의 성격을 띤다. 하지만 이 변화가 그들이 도덕적 무자각 상태에서 벗어나는 계기로도 작용한다. 물론 페스트에 맞서는 태도는 각자 자라 온 삶의 환경과 지금 처한 삶의 조건 등에 따라 다양하다. 카뮈는 그중에서 몇몇 중심인물의 태도를 집중적으로 조명한다.

페스트에 맞선 중심인물들의 태도

제일 먼저 눈에 띄는 것은 파늘루 신부의 태도다. 그의 태도는 종교적이고 초월적이라 할 수 있다. 페스트가 점점 위세를 떨치고 그에 비례해 점점 사람들이 죽어 가는 위기가 닥치자, 파늘루 신부는 신앙에 의존한다. 그는 오랑 시민들에게 '지금, 여기'에서 맹렬하게 기승을 부리는 페스트는 사악한 자들에게 가해진 신의 징벌이라는 논리를 내세운다. 절대 위기 상황에서 신에게 구원의 손길을 내밀면서 순종을 절대 미덕으로 삼는 도덕적 태도다. 하지만 오통 판사의 어린 아들이 페스트에 걸려 단말마의 고통 속에서 죽어 가는 장면을 목격한 후, 파늘루 신부의 태도가 변한다. 물론 신앙심을 완전히 잃은 것은 아니다. 그래서 후일 자기가 페스트에 걸렸을 때, 그는 의사의 치료를 거부하고 오로지 십자가를 손에 꼭 쥔 채 죽어 간다. 하지만 그는 순진무구한 어린아이에게 가해진 극단의 고통을 이해하고 설명할 수가 없어서, 페스트가 지배하는 '지금, 여기' 오랑에서의 구원은 이 땅에 발을 딛고 선 자들의 '건강'에 있다는 사실을 마지못해 받아들인다.

그다음으로는 랑베르의 태도가 주목을 끈다. 그는 프랑스 파리에서 온 신문기자다. 아랍인들의 삶의 여건을 취재하려고 알제리 오랑에 왔다가 그만 페스트가 발생해서 그곳에 갇혀 버렸다. 그는 파리에 연인을 두고 왔다. 그래서 오랑 시의 '이방인'으로서 오랑을 빠져나가려고 모든 수단을 강구한다. 그는 '사랑'과 '행복'을 가장 상위의 가치 체계로 보기 때문에 연인과의 재회를 위해 수단과 방법을 가리지 않는다. 개인주의적, 도피적 태도라고 규정지을 수 있겠다. 하지만 랑베르는 점차 자신의 태도에 부끄러움을 느끼고, 마침내 '지금, 여기' 오랑에서 자신도 어떤 식으로든 페스트와 연관되어 있음을 깨닫는다. 자신이 오랑과 아무런 상관이 없는 '이방인'이 아니라고 자각하는 것이다. 그 결과 그는 보건위생대에 자원하여 페스트에 맞서 열심히 싸우는 태도를 취한다.

페스트에 맞서며 점차 태도가 바뀐 파늘루 신부나 랑베르와는 달리 그랑, 타루, 리외는 처음부터 끝까지 현실적, 집단적, 적극적인 태도를 취한다고 하겠다. 이들 세 명의 태도는 자신들의 직무가 무엇이든 '지금, 여기'에서 자신들이 맡은 소임을 다하는 '성실함'과 '진정성'이라는 특징을 갖는다. 먼저 그랑은 시청 서기에 불과하다. 오랑의 다른 주민들과 별로 다를 게 없는 보통 사람인 것이다. 하지만 그랑은 이름에 걸맞게(프랑스어로 'Grand'의 뜻은 '위대한, 큰') 페스트와의 투쟁에 적극적으로 참여한다. 타루 역시 페스트와의 싸움에서 영웅적 태도를 보여 준다. 타루는 검사였던 아버지가 범법자에게 사형을 언도하는 것을 보고 집을 뛰쳐나온 후, 정치 활동을 했던 인물이다. 하지만 겉으로는 인간의 존엄을 내세우면서도 속으로는 비인간적 행동을 서슴없이 행하는 정치 조직의 위선을 겪으며 '목적-수단'의 관계에 대한 확고한 기준을 갖게 된다. '목적'은 순수하고 정당해야 하며, 이런 '목적'을 실현하기 위해 동원하는 '수단'도 순수하고 정당해야 한다는 것이다. 이러한 도덕 기준에 따라 행동하는 타루는, 페스트가 위세를 떨칠 때 자원해서 보건위생대를 조직하고 이 조직의 선두에 서서 활동한다.

부조리에 투쟁하는 인물들

《페스트》의 이야기를 풀어 나가는 화자인 리외는 의사다. 그는 인간의 생명을 구한다는 대단한 소명 아래 의사가 된 것이 아니다. 그저 남루한 삶의 조건에서 벗어날 수단이었다. 하지만 오랑에서 페스트가 창궐하는 상황과 비례해서 점차 카뮈가 제시하고자 하는 도덕을 대표하는 인물로 변해 간다. 페스트로 인해 수많은 사람의 죽음을 직접 목도하게 된 리외는 점차 냉철한 현실주의자로 변한다. 그에게 추상적 페스트는 아무런 의미가 없다. 인간이 반드시 죽어야 하는 존재라는 사실도 부조리하지만, 인간이 페스트라는 질병으로, 그것도 무수히 많이 죽어 가는 것은 더 부조리하다. 이런 상황에서 리외가 내세우는 도덕은 관념적이지도 추상적이지도 않다.

그에게 가장 중요한 것은, 첫째 페스트에 걸리지 않고, 둘째, 페스트에 걸려도 남에게 옮기지 않으며, 셋째, 걸렸으면 죽지 않고 살아남는 것이다. 물론 최종 목표는 페스트를 퇴치하고 오랑을 위기에서 구하는 것이다.

리외는 이러한 목표를 달성하게 도와줄 수 있는 현실적이고 구체적인 수단과 방법을 적극적으로 추구한다. 그렇다고 해서 그가 '사랑, 행복, 신앙' 같은 관념적, 추상적 가치를 무시하거나 부정했다는 게 아니다. 이런 가치를 위해 현실적, 구체적으로 소용될 수 있는 방법과 수단을 추구했다는 것이다. '삶'과 '죽음'의 경계선에 서 있는 사람에게는 그 어떤 가치도 '삶'이라는 가치를 대신할 수는 없다는 것이 리외의 태도를 정당화해 준다고 하겠다. 타루와 변치 않는 우정을 맺고, 이를 바탕으로 자원 보건위생대를 조직하고 페스트에 맞서는 리외의 모습은, 신 없는 사회에서의 '성자'의 모습이라고 할 수 있다. 극단적인 상황에서 초인간적 노력을 요구하는 일을 해내는 자가 '영웅'이라면, 리외는 참다운 의미에서 카뮈가 창조한 현대적 영웅이다. 물론 그랑, 타루 등도 '영웅'의 모습을 공유하고 있음을 잊지 말아야 할 것이다.

그리고 리외, 타루, 그랑 등이 중심이 되어 조직한 자원 보건위생대의 활동은 카뮈 사상의 한 축을 이루는 '반항'이라는 개념으로 이해할 수 있다. 카뮈는 인간을 '반항'을 통해 정의한다. "나는 반항한다. 그러므로 나는 존재한다." 또한 카뮈는 개인적 반항이 집단적 차원으로 승화될 때 그 의미가 배가된다고 본다. "나는 반항한다. 그러므로 우리는 존재한다." 《페스트》에서 이성적 설명을 넘어서는 페스트의 갑작스러운 출현으로 부조리를 체험하기 시작한 오랑 시민 가운데 몇몇(리외, 타루, 그랑, 랑베르, 파늘루 신부 등)은 직간접적으로 페스트와의 투쟁, 곧 반항에 가담한다. 그리고 이들의 반항은 곧 집단적 형태를 띤다.

다시 말해 페스트는 오랑 시민 전체와 관계를 맺게 되면서 그들 전체를 하나의 집단으로 변모시킨다. 페스트라는 위기 앞에서, 페스트라는 적 앞에서 너나 구별 없이(페스트의 발병에서 이득을 추구보는 코타르는 예외이겠지만) '우리'가 되어 '반항'하는 동안 비로소 카뮈가 의도하는 도덕의 정립이 가능한 것이 아닌가 한다. 그러니까 이것은 인간들 사이의 '공감'과 '우정'을 바탕으로 하는 긍정적 도덕의 정립이라고 할 수 있다.

인간을 습격하는 악을 항상 경계하라

카뮈는 또한 이와 같은 도덕이 위기 상황이 아니라 평상시에도 그대로 유지되길 바랐다고 할 수 있을 것 같다. 그 까닭은 《페스트》의 말미에서 볼 수 있는 리외의 페스트에 대한 인식에서 발견된다. 그는 오랑에서 페스트가 물러났을 때조차 페스트가 언제 어디에서라도 다시 인간을 습격할 수 있다는 사실을 지적하고, 이를 경계해야 한다고 말하고 있다. 이는 페스트가 인간들 주위에 항상 잠복해 있다는 사실, 따라서 그 폐해를 예측하기 어려운 페스트의 발병을 방지하려면 평소에 노력을 게을리해서는 안 된다는 메시지일 것이다. 평소에도 일상성(도덕적 무자각)에 빠져 있지 말고 항상 각성된 의식을 가지고 살아가야 한다는 카뮈의 메시지와도 같은 것이다.

또한 이와 같은 시각에서 《페스트》가 '지금, 여기'에서 가지는 문학적 의의를 지적할 수 있을 것으로 보인다. 카뮈가 이 작품에서 문학적으로 형상화한 '페스트'는 분명 질병이다. 하지만 이 작품이 집필된 배경을 고려하면 '전쟁, 나치즘' 등을 상징한다고도 할 수 있다. '페스트는 언제라도 돌아올 수 있는 것'이라는 리외의 지적은 이와 같은 병리적, 사회적, 역사적 의미이며, 과거의 것에 그치지 않는다. 현재 우리 주위에 에이즈와 신종 인플루엔자 등과 같은 질병의 위협이 상존하고, 각종 전쟁과 테러, 범죄도 끊임없이 자행되고 있음이 그 증거다.

게다가 인간의 내면을 갉아먹는 이른바 '악마적' 요소들 역시 '페스트'에 속한다고 하겠다. 중요한 것은 결국 각종 페스트에 걸리지 않는 건강한 사람이 되는 것, 그런 페스트에 걸렸을 때 남에게 옮기지 않기 위해 노력하는 것, 그런 페스트에 걸렸을 때 그것을 치유하기 위해 각자의 직분을 다해 성실하게 대처하는 것이라고 할 수 있겠다.

1985년에 출간된 카뮈의 《페스트*Théatre, récits et nouvelles*》(갈리마르Gallimard 출판사의 플레이아드 총서Bibliothèque de la Pléiade에 포함. pp.1213-1474)를 저본으로 삼아 번역하였고, 가능한 한 원문에 충실한다는 원칙을 지켰다. 가령 《이방인》과는 달리 만연체에 가까운 《페스트》의 문체를 될 수 있으면 살려 내려고 했다는 점을 밝힌다.

늘 그렇듯 옆에서 도와준 익수와 윤지에게 고맙다는
인사를 전한다.

시지프 연구실에서, 변광배

1913년 11월 7일 알제리의 몽도비에서 뤼시앵 카뮈와
　　　　카트린 생테스 사이에서 둘째로 태어났다.

1914년 제1차 세계대전의 발발로 아버지 뤼시앵이 8월
　　　　에 주아브(알제리 원주민 보병)로 징집되어 프랑
　　　　스 본토로 투입되었는데, 9월 마른 전투에서 부
　　　　상을 입고 10월 11일 브루타뉴 생브리외 군인
　　　　병원에서 사망했다. 어머니 카트린은 두 아들
　　　　과 함께 친정인 리옹가 17번지(벨쿠르)로 이사
　　　　해서 가정부로 생계를 꾸렸다.

1918년 초등학교에 입학했다. 2학년 담임이던 루이 제

르맹이 각별히 아껴서, 공부를 반대하던 외할머니를 설득해 주고 개인 과외까지 해 줬다. 그 덕분에 고등학교 장학금을 획득했고, 후에 카뮈가 노벨문학상 수상 연설집 《스웨덴 연설》을 그에게 헌정했다.

1923년 알제 고등학교에서 수학했다.

1930년 알제대학 철학과에 입학했다. 대학 축구팀에서 활약할 정도로 건강했는데 1학년 겨울에 폐결핵이 처음으로 발병하며 평생 그를 괴롭히게 된다. 장 그르니에를 사상적 스승으로 만났다.

1932년 잡지 《쉬드》에 4편의 글을 발표했다.

1933년 히틀러가 권력 장악. 앙리 바르뷔스와 로맹 롤랑에 의해 주도된 암스테르담 – 폴레이엘 반파쇼 운동에 가입, 투쟁했다.

1934년 시몬 이에와 결혼했다. 장 그르니에의 권유로 공산당에 가입해 회교도 계층에서의 선전 임무를 맡아 활동했으나 그 이듬해 탈퇴했다.

1935년 아르바이트를 하면서 철학 공부를 계속하는 동시에 《안과 겉》 집필을 시작했다. 알제대학 졸업 논문으로 플로티누스와 성 아우구스티누스를 통한 헬레니즘과 기독교의 관계를 주제로 한 〈기독교적 형이상학과 신플라톤 철학〉을 제출했다. 몇몇 친구와 함께 '노동 극단'을 창단해 희곡 《아스튀리의 반란》을 집필했으나 상연이 금지되었다.

1936년 중부 유럽 여행 중에 아내 시몬이 그녀의 담당 의와 불륜 관계임을 알고 큰 충격을 받았다. 알제로 돌아온 후 별거에 돌입(실제 이혼은 1940년 2월), 친구 집인 '세계 앞의 집'에 거주하며 집필에 몰두했다. 제리 라디오방송 극단의 배우로서 방방곡곡을 순회하며 공연했다.

1937년 《안과 겉》을 출간. 건강상의 이유로 철학교수

자격 획득을 포기했다.

1938년 10월 파스칼 피아가 주도하는 《알제 레퓌블리캥》의 기자로 취직했다. 《칼리굴라》를 집필했다. 부조리에 대한 시론을 구상하며 《이방인》 집필에 도움이 될 자료를 수집했고, 12월에 《페스트》라는 제목의 소설을 처음으로 구상하기 시작했다.

1939년 제2차 세계대전 발발. 오디지오, 로블레스 등과 함께 〈리바주〉라는 잡지를 창간했다. 앙드레 말로와 상봉했다. 《결혼》을 출간했다.

1940년 12월 수학 교사인 프란신 포르와 리옹에서 결혼하지만, 1달도 채 못 돼서 〈파리 스와르〉지의 감원으로 실직. 하는 수 없이 오랑으로 가서 처가살이를 시작했다.

1941년 오랑에 거주하며 틈틈이 알제로 가서 《이방인》 원고를 장 그르니에, 파스칼 피아 등에게 보여

쳤다. 7월 알제리, 특히 오랑 지역에 전염병 티
푸스가 창궐해서 소설 《페스트》 창작에 영향을
끼친다.

1942년 폐렴이 재발하여 프랑스 파늘리에로 휴양을 갔
다. 5월에 《이방인》, 10월에 《시지프 신화》를 출
간했다.

1943년 연극 〈파리 떼〉의 리허설 때 장 폴 사르트르와
시몬 드 보부아르를 만났다. 레지스탕스 기관
지 〈콩바〉의 편집장을 맡았다.

1944년 파스칼 피아와 잡지 〈전투〉를 편집, 출간했다.

1945년 《칼리굴라》를 상연했다. 1943~1944년 독일인
친구에게 보낸 4편의 편지를 모은 《독일 친구
에게 보내는 편지》를 출간했다.

1946년 미국을 방문해서 여러 대학에서 강연했다. 《페
스트》를 탈고했다.

1947년 《페스트》를 간행했다. 그해 '비평가상'을 수상
했다. 수많은 비평가들이 카뮈를 덕망 있는 '무
신론적 성자'로 규정했다. 거의 유복자처럼 살
아왔던 그가 처음으로 아버지의 무덤을 찾아
갔다.

1948년 장 루이 바로와 함께 쓴 《계엄령》을 상연했다.

1949년 사형 선고를 받은 그리스 공산당원들을 위한
구명을 호소했다. 폐결핵이 재발했다.

1950년 《시사평론》 1권을 출간했다.

1951년 10월 《반항하는 인간》을 출간했는데, 이 책 때
문에 사르트르, 메를로퐁티, 보부아르, 장송 등
과 1년여 동안 치열하게 논쟁했고, 사르트르와
는 결국 결별한다.

1953년 《시사평론》 2권을 출간했다. 11월 《최초의 인
간》의 구상을 시작했다.

1954년 아내 프랑신의 우울증이 심해져서 모든 정치
　　적, 문학적 활동을 중단하고 1년간 절필. 1939
　　년부터 쓴 산문을 모아《여름》을 출간했다.

1955년 이탈리아 소설가 디노 부자티의《흥미 있는 경
　　우》를 각색했다. 기자 활동을 재개했다.

1956년《전락》을 출간했다.《여름》의 속편으로《축제》
　　의 집필을 구상했다.

1957년《적지와 왕국》을 간행했다. 노벨문학상을 수상
　　했다.

1958년《스웨덴 연설》을 출간했다.

1960년 1월 4일, 친구인 미셸 갈리마르의 승용차에 동
　　승했다가, 몽트로 근교 빌블르뱅에서 교통사고
　　로 사망했다. 가방에서《최초의 인간》원고가
　　발견되었다.

1971년 자전적 요소가 짙은 소설《행복한 죽음》이 출간
되었다.

1994년 딸 카트린 카뮈에 의해 미완성 소설《최후의 인
간》이 출간되었다.

더클래식 세계문학 컬렉션 미니북

영어권 문학가들이 가장 좋아하는 작가 / 전 세계 거의 모든 언어로 번역된 필독서

30 갈매기 (체호프 희곡선 1) | 안톤 체호프
미국대학위원회 선정 SAT 추천도서 / 서울대학교 권장도서 100선

31 개를 데리고 다니는 여인 (체호프 단편선 1) | 안톤 체호프
서울대학교 동서고전 200선 / 노벨연구소 선정 세계문학 100선

32 귀여운 여인 (체호프 단편선 2) | 안톤 체호프
노벨연구소 선정 세계문학 100선

33 지킬 박사와 하이드 | 로버트 루이스 스티븐슨
2004 한국 문인들이 선호하는 세계명작소설 100선
브로드웨이 뮤지컬 역사상 가장 아름다운 스릴러 〈지킬 앤 하이드〉 원작

34 바냐 아저씨 (체호프 희곡선 2) | 안톤 체호프
서울대학교 권장도서 100선 / 노벨 문학상 수상자 네이딘 고디머, 앨리스 먼로의 표본

35 36 이솝 이야기 1 ~ 2 | 이솝
어린이독서위원회, 서울독서교육연구회 권장도서

37 오즈의 마법사 3 - 오즈의 오즈마 공주 | 라이먼 프랭크 바움
미국대학위원회 선정 SAT 추천도서

38 야간 비행 | 앙투안 드 생텍쥐페리
1931년 페미나 문학상 수상 / 작가의 경험이 들어간 직업 소설

39 성냥팔이 소녀 (안데르센 단편선 2) | 한스 크리스티안 안데르센
SBS 드라마 〈신의 선물-14일〉 메인 테마 도서
어린이문학의 꽃을 피운 불멸의 작가

40 예수의 생애 | 찰스 디킨스
2014년 개봉 〈선 오브 갓〉 원작 / 종교철학자 헤겔의 사상을 만든 고전
대문호 찰스 디킨스의 숨은 명작

41 싯다르타 | 헤르만 헤세
대한민국 대표 시인 장석남이 강력 추천한 작품

출간과 동시에 10만 부가 넘게 판매된 역작
진정한 자아를 깨닫기 위해 고뇌하던 헤르만 헤세의 자전 소설

일본 후지 TV 애니메이션 〈톰 소여의 모험〉 원작

87 88 89 제인 에어 1~3 | 샬럿 브론테
150년간 사랑받은 로맨스 소설의 고전 / 미국대학위원회 선정 SAT 추천도서
영국 〈가디언〉이 선정한 세계 100대 최고의 소설 / 연세대학교 권장도서
영국 BBC 조사 영국인들이 가장 사랑한 소설 100선
현대 여성들이 가장 사랑하는 필독서

90 마테오 팔코네 (메리메 단편선) | 프로스페르 메리메
프랑스 단편소설의 거장 메리메의 대표 단편선 / 비제의 오페라 〈카르멘〉의 원작자

91 92 93 빨강머리 앤 1~3 | 루시 모드 몽고메리
캐나다의 대표적인 소설가 몽고메리의 데뷔작 / 서울시 교육청 선정 청소년 권장도서
KBS TV '책을 말하다' 추천도서 / 일본 후지 TV 애니메이션 〈빨강머리 앤〉 원작

94 삶이 그대를 속일지라도 (푸시킨 시선집) | 알렉산드르 푸시킨
러시아 낭만주의 문학의 선구자이자 러시아 국민시인 푸시킨의 대표 시선집

95 도련님 | 나쓰메 소세키
일본의 셰익스피어 나쓰메 소세키를 인기 작가 반열에 올린 작품
'책으로 따뜻한 세상 만드는 교사들(책따세)' 권장도서
서울시 교육청 '청소년을 위한 고전 콘서트' 도서 / 서울대학교 지정 수능필독서

96 은하철도의 밤 (겐지 단편선) | 미야자와 겐지
일본이 가장 사랑하는 동화작가가 미야자와 겐지의 대표 단편선
일본 후지 TV 애니메이션 〈은하철도 999〉의 모티브

97 자기만의 방 | 버지니아 울프
20세기 페미니즘 비평의 선구자 버지니아 울프의 수필집
국립중앙도서관 선정 권장도서 / 서강대학교 권장도서 100선

98 플랜더스의 개 (위다 단편선) | 위다(매리 루이스 드 라 라메)
멜로 드라마풍의 작품으로 유명한 영국의 아동문학가
서울시 교육청 선정 청소년 권장도서 / 일본 후지 TV 애니메이션 〈플랜더스의 개〉 원작

99 크리스마스 캐럴 | 찰스 디킨스
셰익스피어와 함께 영국을 대표하는 작가 찰스 디킨스의 중편소설

'책으로 따뜻한 세상 만드는 교사들(책따세)' 권장도서

100 탈무드 | 유대교 랍비
5천 년에 걸친 유대인의 지혜가 담긴 책 / 서울대학교 지정 수능필독도서
포스코 교육재단 선정 초등학교 필독도서 / 경북교육청 선정 청소년 권장도서
백인제기념도서관 교양도서

101 호두까기 인형 | 에른스트 호프만
1892년 차이코프스키 발레 호두까기인형의 원작소설
2018 디즈니 애니메이션 호두까기 인형과 4개의 왕국의 원작소설

102 103 곰돌이 푸 1~2 | 앨런 알렉산더 밀른
2018년 디즈니 애니메이션 곰돌이푸 다시 만나 행복해 원작 동화
마음 따뜻한 시인 곰돌이의 감동적인 성장이야기

104 105 페스트 1~2 | 알베르 카뮈
노벨문학상 수상작가 알베르 카뮈의 대표작 / 국립중앙도서관 선정 청소년 권장도서

106 인형의 집 | 헨리크 입센
최초의 페미니즘 희곡 / 노르웨이를 대표하는 역사상 가장 중요한 극작가의 대표작

* 더클래식 세계문학 컬렉션 미니북은 계속 출간될 예정입니다.

옮긴이 변광배

한국외국어대학교 불어과 같은 대학 대학원을 졸업, 프랑스 몽펠리에 III대학에서
〈사르트르의 극작품과 소설에 나타난 폭력의 문제〉로 문학박사 학위를 받았다. 같
은 대학에서 대우교수를 역임하고 강의하고 있으며, 프랑스연구모임 '시지프' 대표로
있다. 《사르트르 평전》, 《레비나스 평전》, 《사르트르와 카뮈: 우정과 투쟁》, 《어린 왕
자》, 《카르멘》 등을 번역했고, 《존재와 무: 실존적 자유를 향한 탐색》, 《제2의 성: 여
성학 백과사전》 등을 썼다.

페스트 2

개정 1쇄 펴낸 날 2020년 9월 30일

지은이   알베르 카뮈
옮긴이   변광배
펴낸이   장영재
펴낸곳   (주)미르북컴퍼니
자회사   더클래식
전 화   02)3141-4421
팩 스   02)3141-4428
등 록   2012년 3월 16일(제313-2012-81호)
주 소   서울시 마포구 성미산로32길 12, 2층 (우 03983)
E-mail   sanhonjinju@naver.com
카 페   cafe.naver.com/mirbookcompany